ALFAGUARA ^{MR}

JUVENIL

ALFAGUARA JUVENIL^{MR}

ALFAGUARA MR

JUVENIL

EL DÍA QUE EXPLOTÓ LA ABUELA Y OTROS CUENTOS YA EMPEZADOS

D.R.© del texto: Flor Aguilera García, 2012

Este libro se realizó con apoyo del Fondo Nacional para la Cultura y las Artes y al Banff Centre de Canadá, con todo mi agradecimiento por una experiencia extraordinaria e irrepetible.

D.R.© de las ilustraciones: Manuel Monroy

D.R.© de esta edición:

Editorial Santillana, S.A. de C.V., 2013
Av. Río Mixcoac 274, Col. Acacias
03240, México, D.F.

Alfaguara Juvenil es un sello editorial de **Grupo Prisa**, licenciado a favor de Editorial Santillana, S.A de C.V.
Éstas son sus sedes:

ARGENTINA, BOLIVIA, CHILE, COLOMBIA, COSTA RICA, ECUADOR, EL SALVADOR, ESPAÑA, ESTADOS UNIDOS, GUATEMALA, MÉXICO, PANAMÁ, PARAGUAY, PERÚ, PUERTO RICO, REPÚBLICA DOMINICANA, URUGUAY Y VENEZUELA.

Primera edición en Santillana Ediciones Generales, S.A de C.V.:
enero de 2013
Primera edición en Editorial Santillana, S.A. de C.V.: mayo de 2013
Tercera reimpresión: junio de 2014

ISBN: 978-607-01-1544-8

Impreso en México

SANTILLANA

El día que explotó la abuela
y otros cuentos ya empezados

Flor Aguilera
Ilustraciones de Manuel Monroy

ALFAGUARA MR
JUVENIL

A Javier y Sarah, con amor y gratitud

Como si el último renglón terminara
a la altura del primero.
Gerardo García de la Garza

Centro Banff para las Artes
Alberta, Canadá, mayo 2012

Querido lector,

Antes que nada, quiero darte la bienvenida a un nuevo libro de relatos. En esta ocasión mi fuente de inspiración ha sido la literatura misma, particularmente el género de la novela. Algunas de las novelas de las que parto para escribir mis relatos son muy dramáticas, otras son chistosas, unas tristes, otras muy emocionantes; y aunque algunas fueron escritas hace mucho tiempo y otras son de reciente publicación, lo que tienen en común es que todas son grandiosas y han sido conocidas mundialmente por lo mismo.

Yo no lo supe hasta hace poco, pero existe una larga tradición de análisis y estudio de los primeros enunciados de novelas. Los estudiosos han hecho públicas sus listas de primeras frases preferidas y han justificado con largos ensayos la inclusión o exclusión de algunas obras. Las grandes frases iniciales, dicen ellos, aportan mucho a la grandeza de una novela.

La idea de estudiar las primeras frases seguramente surgió por primera vez cuando algún autor famoso (Marcel Proust) declaró (a principios del siglo XX) que había dedicado más tiempo a su inicios de novela que al resto del texto. Como Proust, muchos otros escritores han alegado que el primer enunciado es el sustento de la obra. Para el lector, un buen inicio es de gran importancia por ser un gancho, una invitación que sorprende y luego intriga.

Hay primeras frases tan legendarias o icónicas que no creí que valiera la pena visitarlas de nuevo, por ejemplo la primera frase de *El Quijote*, la de *Ricardo III* o *La guerra y la paz*; pero hay otras menos conocidas que en sí mismas podrían ser minificciones y que provocan reacciones inmediatas en el lector: emoción, tristeza, extrañeza, admiración, carcajadas y sobre todo muchas ganas de seguir leyendo.

Es importante decirte también que este libro lo escribí durante mi estancia como escritora en residencia en un lugar de ensueño llamado el Centro Banff para las Artes, gracias a una beca que me otorgó el **FONCA** (Fondo Nacional para la Cultura y las Artes) de México y el maravilloso **Banff Centre**, en Alberta, Canadá.

En Banff, rodeada de montañas nevadas y artistas de todo el mundo, concebí estos cuentos sentada adentro de un barco de pesca real que fue colocado en medio del bosque con el propósito de inspirar y ayudar a los escritores a crear, en un ambiente tranquilo y muy bello. Para mí resultó ser un escondite fantástico que me regresó muchas veces a mi edad favorita, en la que jugar y soñar eran mis más importantes ocupaciones.

Ésta es una foto del barco:

Yo te invito a que escribas también cuentos usando la primera línea de los libros que te encantan y sobre todo a conocer estas magníficas obras de la literatura que me inspiraron tantas historias, porque, como te darás cuenta, desde sus pequeños grandes inicios nos ponen en alerta sobre las maravillas que vienen enseguida. Espero que disfrutes lo que a mí me provocaron.

Con mucho cariño y agradecimiento,
Flor.

El domingo cae en lunes

De *El diario secreto de Adrian Mole*
(Sue Townsend)

Nigel llamó por teléfono esta mañana fingiendo ser el director de una funeraria e indagando sobre el mejor momento para pasar a recoger el cuerpo. Reconocí su voz casi de inmediato. Después de tantos años de experiencia, casi siempre sé cuándo se trata de una de sus llamadas "chistosas". De cualquier forma siempre hago como que caigo en su trampa, finjo confusión y luego enojo. Me parece que uno debe hacer ese tipo de cosas por los buenos amigos.

Nigel Jones y su hermana Rose se dedican a molestar a la gente, a hacerles bromas. En su mundo, cada día del año es día de los inocentes.

En nuestro barrio, los hermanos Jones primero se volvieron famosos por aventar huevos y globos de agua desde el balcón de su departamento en un séptimo piso, pero ahora su fama se debe al hecho de que han logrado convencer por teléfono, aun a los más escépticos, de las cosas más inéditas y a veces hasta absurdas. Su especialidad son los premios. Tienen una intuición muy especial para saber qué le gustaría ganar a cada persona. A la señora Patel, que atiende sola su pequeño supermercado, le anunciaron que había ganado un fin de semana en un spa de lujo con todo y masaje de pies; a la romántica señorita Serena, que trabaja en la estética, le dijeron que su premio era una cita con Daniel Craig para el estreno de su nueva película; mientras que Harold, el intendente de la escuela que siempre habla de futbol, fue el afortunado ganador de entradas gratis para ver a su equipo: Manchester United, jugar en la semifinal.

Me sorprende que la gente del barrio, sabiendo de la existencia de los hermanos, siga pensando que tal vez exista la posibilidad, aun en este mundo tan poco generoso, de que su mayor sueño se vuelva realidad.

Nigel y Rose sí saben que la vida no es así. Por eso yo entiendo que hagan lo que hacen. Así se divierten juntos, así, con mucho humor y planes maquiavélicos, sobreviven y a veces hasta logran olvidar las cosas difíciles que la vida les aventó de sopetón.

No es que mi situación sea mucho mejor que la suya pero hay una gran diferencia entre lo que viven los Jones y lo que yo experimento en casa, y esa diferencia radica en el hecho de que mi familia es súper buena onda. Además de mis papás, tengo al abuelo que me invita a comer y a platicar por lo menos un par de veces a la semana. Me gusta ir con el abuelo porque me hace pay de riñón o salchichas con puré, mis dos platillos favoritos, y me platica historias de la abuela Doris, a quien extraña siempre. Nosotros no tenemos mucho dinero de sobra; mi papá tiene que trabajar dos turnos en la fábrica de muebles y mamá está todo el día en la tintorería. Yo los veo poco salvo por "nuestro domingo" que cae en lunes.

Durante algún tiempo después de que el lunes se convirtió en domingo, o al revés, yo calentaba el termómetro para demostrarles que tenía fiebre, o decía que me dolía la garganta o el estómago para poder quedarme en casa con ellos y no asistir a la escuela. Estar sentado en clases me parecía una manera horrible de pasar un lindo domingo. Pero después de algunas semanas me di cuenta de que para mis pobres papás era peor si me quedaba en casa, porque lo que necesitaban más que nada en la vida era poder quedarse a gusto en la cama y dormir hasta tarde sin interrupciones ni preocupaciones. Cuando yo me quedaba era como si tuvieran que trabajar, aunque espero no haber sido tan pesado como sus verdaderos trabajos.

Prefiero ir a la escuela y estar con Nigel y ver a Rose, tomar clases de matemáticas y platicar con el maestro de física, que más que maestro ha resultado ser un buen amigo, o más bien un mentor. Me aconseja sobre la vida y cómo sacar mejores notas en los exámenes, me cuenta historias sobre la universidad, porque yo quiero ir a la universidad a estudiar matemáticas, y él también quiere que lo logre. Pero, sobre todo, el profesor Pete me ha dado muchos tips de cómo conquistar a Rose. Pues aunque eso signifique que Nigel se convierta en mi cuñado y mi compadre, por Rose Jones yo estoy dispuesto a soportar cualquier cosa.

II

Hoy pasé por Nigel a su casa para ir a jugar bolos al parque. Es un deporte (bueno casi un deporte) muy tonto pero nos reímos mucho y nos hacemos amigos de los abuelos que juegan allí. A veces, después de un partido en el que los dejamos ganar, nos disparan la comida en la tienda de *fish and chips.* En general paso un ratito a su casa mientras él recoge sus cosas y deja todo listo para su papá, pero cuando subí y toqué esta vez, Nigel no quiso que pasara ni al pasillo. Seguramente algo malo había sucedido la noche anterior. En la casa de los Jones todo cambió cuando el papá perdió su trabajo. Entonces la mamá, que siempre había estado a cargo de sus hijos, tuvo que conseguir un trabajo que la hace viajar todo el tiempo. El papá se deprimió y empezó poco a poco a desafanarse de la vida, hasta que hace un año decidió ya no levantarse de la cama, salvo para ir al *pub*. Nigel y Rose son realmente ingeniosos e intentaron todo para mover y animar un poco a su papá a buscar otro trabajo, a hacer algo con sus días fuera de ver la tele y tomar cerveza. Aprendieron trucos de magia, entonaron sus canciones favoritas, armaron pequeñas obras de teatro, cocinaron sus platillos preferidos, pero nada funcionó. La mamá viaja cada vez más y a veces pasan semanas sin que ella ponga pie en casa. Así que Nigel y Rose son como huérfanos de facto, lo cual significa que son como huérfanos sin serlo. El profesor Pete me enseña algo de latín. Por eso digo que los entiendo y tal vez si estuviera en el lugar de mis amigos, creo que yo también estaría muy enojado. Además de ya no tener mamá, en casi todos los sentidos en los que es importante tener mamá, tienen que cuidar a su papá y darle de comer. Es como si los roles se hubieran invertido y ellos tuvieran que actuar como grandes. Por eso siempre que pueden se rebelan y actúan como críos.

Entre los dos compran la comida, la preparan y hasta van al banco a pagar las cuentas de la casa con el dinero que les manda su mamá.

III

El sentimiento hacia Rose ha ido creciendo paulatinamente pero creo que todo empezó un día en que saliendo de la escuela fui a su casa para hacer un trabajo en equipo con Nigel y Henry. La vi salir del cuarto de sus papás con los ojos rojos. Aunque estaba fuera de sí, se veía realmente suave y bonita. Bueno, Rose siempre es bonita pero en general actúa de forma un poco ruda. Cuando la vi, algo por dentro me movía hacia ella, quería abrazarla, decirle que yo la ayudaría con lo que hiciera falta. Nunca la había visto así, tan vulnerable. Pero no lo hice, no me acerqué, tal vez por miedo a que me pegara. Pero lo que acabó de amarrar mi corazón fue verla caminando hacia su trabajo en el mercado con una playera de Death Cab For Cutie (DCFC), mi banda favorita, que poca gente conoce y que aún a menos les gusta. El nombre suena a que son una banda pesada pero no es así, son unos músicos americanos muy letrados y con un gran sentido del humor. Sus canciones se refieren siempre a situaciones de todos los días, a libros, muchos que a mí me encantan, y a veces incluyen harpas o violines junto con guitarras eléctricas. Cuando oí a Rose cantar a todo volumen mi canción favorita de DCFC ("Home is a Fire") mientras se bañaba, sin sospechar que yo tenía el oído pegado del otro lado de la puerta, fue cuando lo supe. Yo era suyo. Completamente.

IV

Rose es mayor que Nigel por dos años, y entonces a mí me lleva uno. Ella es muy chistosa, muy ágil, yo diría incluso que es brillante, y lo mejor es que no le teme a nada. A sus 16 se mueve por el mundo como si cada rincón fuera parte de su casa. Ella ya fue aceptada en la universidad antes que todos los de su curso, pero decidió posponerlo hasta que a Nigel lo acepten también, para poder irse juntos. No quiere dejarlo solo allí, en ese departamento, con ese papá y esa mamá ausente. Además de seguir yendo a la escuela y prepararse para los exámenes que pasará fácilmente, Rose trabaja en el mercado sobre ruedas los fines de semana, vendiendo quesos y vinos. A insistencia del profesor Pete, me puse a estudiar sobre quesos, para que cuando fuera al mercado pasara por su puesto y pudiera sostener una conversación decente sobre quesos con ella. Lo hice hoy en la mañana y creo que funcionó. Rose se veía realmente impresionada por el hecho de que yo supiera las diferencias entre brie y camembert. Ese profesor Pete es un genio.

V

Me había inscrito al club de fans de DCFC hacía algunos años, y a veces me mandaban correos avisándome de fechas de conciertos. Yo no tengo dinero para ir a conciertos así, por lo que sólo leo la información y muero de envidia. Este año hicieron un concurso y hoy me inscribí. Eran dos pases para ir al concierto aquí en la ciudad, con un gafete de acceso total y la posibilidad de conocer a la banda. Yo nunca he ganado nada en mi vida pero me inscribí y de inmediato intenté pensar en otra cosa porque con tanta emoción y angustia me daban ganas de vomitar.

VI

Fui descubierto. Primero recibí la carta. Estaba en mi mochila cuando la abrí en mi casa de regreso de la escuela. Era una carta de amor de Rose. Hablaba de las dos veces que yo la había visitado en su puesto del mercado y cómo se notaba que me había puesto a estudiar la diferencia entre el brie y el camembert, del hecho de que ambos amábamos a DCFC, de aquel día en que cocinamos pastelitos juntos y de cómo ella sabía que yo fingía sorprenderme con las llamadas de broma de Nigel. Era una carta perfecta, tal como yo me imaginaba que escribiría una chica. Mi chica. Leí la carta un millón de veces y pensé que mi corazón iba a estallar. Estuve a punto de marcarle por teléfono pero me contuve. Mejor me senté y le escribí una carta igualmente romántica hablando de los momentos que habían sido importantes para mí. Del día en que la vi llorar, de la vez que la seguí hasta la disco y la vez que la escuché cantar en la regadera. Le decía que nos viéramos en la cancha comunitaria de netball en la noche.

Le iba a entregar la carta en la escuela a primera hora pero Nigel me interceptó de camino y de inmediato me derrumbé.

—¿Recibiste algo interesante en el correo, *compadre*? —me dijo sonriente, usando la palabra en español.

—No se a qué te refieres.

—¿O sea que no apareció nada interesante en tu mochila ayer? ¿De verdad?

Lo miré mientras él se empezaba a reír. Ponía siempre una cara de loco feliz cuando había estafado a alguien. Yo conocía bien esa cara pero nunca lo había visto tan feliz. Sentí rabia y tristeza al mismo tiempo. Me le eché encima y lo empecé a golpear, a golpear con violencia mientras él se reía a carcajadas y gritaba, "¡Para! ¡Para! ¿Por qué me pegas?" Su mochila había salido volando a la calle y estaba a punto de ser atropellada por el camión. Lo solté y caminé. Nunca volteé. Mientras caminaba a la escuela decidí que Nigel era el peor amigo del mundo. Me arrepentí de haber sido tan buena onda con él cuando todos en el salón en algún momento se habían burlado o lo habían rechazado. Era un traidor. Una mala persona. Sentí que lo odiaba. Me dolía el pecho.

VII

Hoy tuve una sesión con el profesor Pete, pero no le pude contar nada. Mientras más lo pensaba, más me quedaba claro que Rose sabía lo que yo sentía por ella y que junto a Nigel los dos pasaban horas burlándose de mí. Si esa carta la había escrito Nigel, había cosas allí que sólo Rose sabía, y por lo tanto eran cómplices del crimen. Mi corazón estaba deshecho. No podía hablar.

VIII

Un domingo, no un verdadero domingo sino un lunes-domingo, llegué de la escuela a mi casa y vi un sobre blanco, grande, saliéndose de nuestro buzón en la entrada del edificio. Saqué el sobre y cuando vi el logo del club de fans de DCFC, me empezaron a temblar las manos. Luego recordé a Nigel. Revisé el sobre por fuera con suspicacia, buscando trazos de la mano de mi enemigo. Los alcances de la imaginación malévolamente ingeniosa del señorito Jones y, más, después de la carta perfectamente falsa de Rose, me hacían dudar de todo lo concerniente a una misiva, llamada telefónica u otra comunicación del mundo exterior. Dudaba hasta de las cosas que me relataba el abuelo que le habían sucedido durante el día, llamadas que había recibido, o cosas que le había dicho la gente en la calle. Abrí el sobre y leí la carta con cuidado. Decía que yo había sido el ganador, en el club de fans de DCFC, de los boletos para ver a la banda con todo y acceso total y un *meet and greet*, o sea, pases para conocer a la banda en persona. Miré adentro del sobre y allí estaban los boletos. No eran falsos. La capacidad de Nigel no daba para tanto. Me dolía el corazón pero había algo que no me permitía gozar completamente del momento porque seguía pensando en Rose, el hecho de que ella supiera todo y que no sintiera lo mismo por mí. Pensar en que nunca sería mi novia y luego mi esposa para siempre me era casi insoportable. Leía y se me nublaba la vista con las lágrimas. No exagero. Lloraba como una Magdalena. Eran demasiadas emociones para un pobre aspirante a matemático. Hasta que llegué al final de la carta, y todo cambió. Para siempre.

En el sobre pequeño encontrará los boletos para el concierto. La única condición para que usted reciba los gafetes de acceso total y los pases para el "Meet and Greet" es que usted vaya acompañado al evento por la señorita Rose Jones. No se deje engañar tan fácilmente, Tom, su amigo Nigel puede ser un gran estafador telefónico, pero la del talento literario (y de falsificación de documentos) ésa soy yo.

Suya,
R. J.

El secreto

De *El color púrpura* (Alice Walker)

"Más te vale no contárselo nunca jamás a nadie más que a Dios." Así me había hecho jurar Natalia, mi mejor amiga, esa mañana.

Para ser sincera, me molesté un poco con Natalia, porque aunque es la mejor amiga del mundo y la amo a morir, me parece que es injusto contarle un secreto a alguien que sabes perfectamente que sufrirá mucho para poder guardarse cualquier cosa. Y además hacer que esa persona jure —bajo pena de un castigo tan horrible como el fuego eterno del infierno—, eso, eso simplemente es crueldad.

Pero tenía que demostrarle a Natalia que sí podía guardar un secreto hasta la muerte. O por lo menos hasta que ya dejara de ser importante, como cuando ya fuéramos grandes y estuviéramos en la prepa.

Durante el recreo, mientras comía mi sándwich, opté por no hablar. Enmudecí por miedo a que se me salieran las palabras. Sentía que conforme pasaba el tiempo las palabras de Natalia iban creciendo y aumentado en valor. En clase, agradecí mucho que todo estuviera en silencio y las tareas que pedían mucha concentración. No podía tampoco mirar a alguien a los ojos porque creía que iba a transmitirle el secreto de Natalia con la mirada. Telepatía le dicen, y me consta que existe. Pregúntenle a Natalia. Miles de veces ella sabe perfecto lo que estoy pensando.

Ahora mismo estoy en clase y, mientras todos están trabajando en sus cuadernos copiando el ejercicio de caligrafía, de pronto me siento muy llena, con todas esas palabras gigantes adentro de mí, y me tapo la boca porque siento que en cualquier momento se me van a escapar. Quieren salir las palabras como si tuvieran vida propia. Las imagino escritas en grafiti en la pared del patio o en el pizarrón gigante del salón de asambleas.

Y de pronto, cuando pienso que estoy a salvo, las palabras salen de mi boca, y no sólo salen así nada más, sino que son inteligentes y surgen en perfecto orden y a un volumen muy alto como para que todos las escuchen, para que no quepa la menor duda. Es extraño pero no tengo miedo. Mis ojos están dirigidos hacia el frente sin mirar a nadie en particular. Siento la mirada de la madre Cecilia y la imagino muy blanca, pálida y enfurecida, con la quijada trabada. Está temblando. O tal vez sea yo la que tiembla.

El silencio asombrado del salón me provoca unas ganas terribles de llorar pero no lo hago. El sentimiento de vergüenza pasa pronto. Ahora sólo me siento libre.

Natalia me voltea a ver desde su esquina, pero yo no la miro. Claro que no la miro. Siento terror de mirarla. El resto del salón me observa con fascinación, incrédulos de que yo haya dicho tal cosa, así enfrente de todos, sin miedo.

¿Y si yo inventara mi propio idioma y así pudiera contar todos los secretos del mundo? ¿Y si le diera a cada significado el nombre que se me antojara? Y si quisiera, ¿podría hacer con mi nuevo idioma como que el mundo es un lugar diferente? Casi como si algo adentro de mí quisiera que a la fuerza me llevaran a ver a la madre superiora, siento que mi cabeza se pone muy muy caliente, y se me llena el estómago de una nueva emoción, enorme, y entonces empiezo a decir en voz alta todos los chismes del salón, los secretos que sé, sólo que esta vez los digo más fuerte todavía. Hablo muy rápido y cuando termino, me sale un gran suspiro.

Espero a que la madre Cecilia se me acerque. La miro ahora sí y la veo tan enojada que creo que me va a jalar de las orejas y llevarme derechito a la

oficina de la madre superiora, quien a su vez llama-
rá a mis papás. Pero la madre Cecilia no hace nada,
no me pregunta, "¿Por qué dices eso?, ¿por qué
cuentas las cosas de los demás?". Ella sólo regresa
al pizarrón y continúa la clase como si nada.

Escribe y escribe, letras minúsculas y mayúscu-
las, y palabras que tenemos que copiar en nuestros
cuadernos. Yo no escribo nada. Sólo espero y miro
hacia el frente. Estoy paralizada. "Ésta es la tarea de
hoy", nos dice. Se oyen murmullos porque ya se
rompió el silencio. Mis compañeros se ríen tantito
pero están espantados y emocionados. Casi tanto
como yo.

Es como cuando Arantxa se hizo pipí o cuando Abel vomitó sobre su escritorio o cuando Roberto el grande (hay un Roberto chiquito) reventó
sus pantalones jugando futbol, sólo que esta vez
todos me miran con respeto o miedo u odio. O todo
mezclado.

Pasan los minutos y todos guardan sus cuadernos debajo de los escritorios. La campana suena y
la madre Cecilia ni siquiera me voltea a ver cuando
tomo mis libros y los meto a mi mochila. Nada.
No me mira ni me llama por mi nombre y no me
lleva a la dirección.

Salgo al patio y está allí la mamá de Natalia,
que, como todos los días, me llevará a mi casa.

Hoy es viernes. Mi nana Nicolasa me servirá huevos revueltos con jamón o molletes con salsa de jitomate y veré la tele hasta que se haga más noche. Todo en silencio. Siempre sólo hay silencio.

Me subo al coche y Natalia se voltea y me dice como si nada: "Gracias, amiga". Y lo dice de la manera más sincera.

La miro asombrada. ¡Gracias! Yo estaba lista para que me pegara o me gritara, pero en vez de eso Natalia me da las gracias.

"Mira, Nenis, necesitaba que Eduardo supiera que me encanta y la Cuquis necesitaba que David se enterara que ella no está interesada en él pero que Lola sí, y todos en el salón queríamos que la madre Cecilia supiera que a nadie le gusta cuando toma café y se acerca a tu pupitre porque huele feo. Así que muchísimas gracias. Todo en la vida será ahora mucho mejor gracias a ti. Eres una gran amiga, aunque seas una chismosa de lo peor."

El apagón

De *A la deriva* (Horacio Quiroga)

El hombre pisó algo blanduzco y enseguida sintió la mordedura en el pie. El ardor empezó en el talón y se corrió hacia el tobillo. Pronto, el hombre sintió un calambre en toda la pierna izquierda. Gritó y maldijo a los tontos animalejos. En ese momento se fue la luz.

Ya no les pudo hacer nada mientras se escabullían en la oscuridad. Sabían perfectamente lo que habían hecho. Siempre los había odiado, eran demasiado grandes para ser hámsters y de la cara se parecían a los mapaches, pero a diferencia de ellos, éstos supuestamente podían ser domesticados. En este momento de crisis, supo que siempre había tenido la razón en desconfiar de ellos. Pero sus hijos, que eran como su mujer, un poco excéntricos en sus gustos, los adoraban.

Su mujer era una excelente maestra de inglés y les había explicado que *hurón* en su segundo idioma era *ferret*, y junto con los niños les inventaron nombres graciosos a sus dos mascotas. A uno, el más rubio, le pusieron como a la estrella original de *Los Ángeles de Charlie*: Ferret Fawcett y el otro por la película favorita de sus hijos: Ferret Bueler.

Su mujer era una gran nostálgica de los años ochenta y les enseñaba a sus hijos las cosas que ella había amado de niña como las películas, los programas de televisión y la música de esa era. El hombre había vivido cosas muy distintas en esa época porque había crecido en un rancho y sin televisión. No entendía por qué le encantaba a ella hablar de su niñez y contarles a sus hijos sus aventuras con sus amigas y primos. A él no le gustaba recordar mucho su vida de niño. Su papá había sido un hombre hosco y nada generoso con su familia. En cambio él sí era un buen proveedor. Le daba a su familia todo lo que necesitaba y más.

Reconocía que vivía aparte de "la tribu", como él llamaba a sus hijos. Tenía casi a diario comidas y reuniones de negocios, y los fines de semana iba al club de golf. También vivía intensamente su pasión por los cuadros y las esculturas de caballos. No importaba mucho que no pasara demasiado tiempo con los niños porque ellos tenían una madre cariñosa y un papá que les daba todo lo que necesitaban y querían. Así se justificaba. Su esposa intentaba hablar con él: "Tus hijos te extrañan", "acércate a ellos". Pero su cabeza tenía suficientes preocupaciones, y entre ellas estaba dónde conseguir más caballos y sillas de montar para su colección. Tenía dos elegantes sillas inglesas, tres tejanas y varias mexicanas de distintas partes del país. "El caballo —pensaba él a menudo cuando veía pasar corriendo a los hurones en el pasillo—, ése sí que era un animal". Grande, hermoso, imponente y mucho más complejo e interesante que dos largas ratas que vivían en las casas y que no hacían nada más que jugar, pasearse de cuarto en cuarto y ponerse allí, enfrente de uno para ser acariciadas.

Cuando el hombre se asomó por la ventana, supo que se trataba de un apagón generalizado en su calle, tal vez en toda la colonia. La calle entera estaba en la oscuridad. El silencio era palpable. De niño le tenía mucho miedo al silencio, más aun que a la oscuridad. Le resultaba curioso que ahora, de adulto, eso era lo que más le gustaba: el silencio. Como esa noche. Sus hijos y su esposa se habían ido a jugar golfito. Uno pensaría que esa actividad le habría interesado a un hombre apasionado del golf, pero no. El golfito le parecía absurdo y les explicó a sus hijos que era como si un piloto de autos de carrera, los fines de semana, para divertirse, jugara carreritas en el Wii. Sus hijos, que habían inventado aquella actividad para por fin hacer algo con su papá, se sintieron defraudados. La mamá, además de intentar componer la situación entre su esposo y sus hijos, era una gran entusiasta de cualquier actividad al aire libre y los llevó de cualquier forma.

Además de todo, el celular del hombre se había quedado sin batería, por lo que no le era posible utilizar la linterna integrada al celular para poder moverse por la casa e ir al sótano a revisar los fusibles. Tuvo una idea y subió las escaleras con mucho cuidado. En el segundo piso, la primera puerta a la izquierda daba al cuarto de Elena. Entró cuidadosamente para ya no pisar nada, ni colas de hurones, ni patines, ni dulces que se le quedaran pegados a la suela del zapato, ni nada más o menos doloroso u oloroso. Así eran los niños, descuidados, sucios. No los entendía y ellos no lo entenderían jamás a él. Se puso a tantear en el escritorio, buscando alguna linterna, pero lo único que vio fue una lamparita de noche que claramente funcionaba con baterías. Brillaba dulcemente en la oscuridad. La tomó, pero antes vio algo que llamó su atención: era una foto de él con Elena de bebé, el día en que ella había dado su primer paso. El recuerdo le llegó como un relámpago y se sintió contento. Había sido un día muy bueno. Se sentó en la cama y con la lucecita azul se quedó mirando la foto. El cuarto de Elena olía a cerezas y a chicle. Le gustaba ese olor, le recordaba a la tiendita de su colonia donde podía comprar dulces y refrescos y estampitas para su álbum de futbol, y a veces, cuando su mamá le daba para comprar algo y sobraba, él le compraba un par de sobres con estampas a su hermana más pequeña, quien coleccionaba el álbum de una tal Rosita Fresita. A eso olía el cuarto de Elena.

Colocó la foto de vuelta en la pared y se dirigió al cuarto de Diego, donde seguramente encontraría una linterna adecuada.

Entró al cuarto de Diego y se dirigió al clóset. Diego tenía una caja de herramientas para construir sus naves espaciales, pero al abrir la caja se le cayó encima algo pesadísimo, metálico pero con picos. Volvió a gritar, "Aú". Cuando lo observó en el piso, vio que era su trofeo de basquetbol de la prepa. Diego lo guardaba junto con sus objetos más preciados.

Escuchó de pronto en el pasillo cómo se encendían las luces, el televisor, la contestadora de teléfono, el refrigerador, la computadora. El microondas, con las palomitas olvidadas, hacía *bip bip bip*. Miró por la ventana y vio que se acercaba el coche a la entrada de la casa. Los hurones escucharon el ruido de la puerta automática y se apresuraron a la entrada. Se movían agitadamente de un lado a otro. Estaban emocionados, listos para darle la bienvenida a su familia. El hombre sintió que esa misma emoción se apoderaba de él y estuvo a punto de correr también hacia la puerta, pero algo muy adentro de él lo detuvo.

Sobre la niña que subió las escaleras de bambú para tocar el cielo

De *Camino de Swann* (Marcel Proust)

Durante mucho tiempo me fui a dormir tempra-no. Aun cuando no tenía sueño. Aun cuando na-die me mandaba a la cama. Aun cuando nevaba, y los copos gordos de nieve caían sobre los árboles y los pintaban de blanco, y desde mi ventana los hubiese podido ver caer. Me iba a la cama tempra-no, justo después de que todo oscurecía, porque en la madrugada del día siguiente tenía que ir a tra-bajar a la fábrica.

En la fábrica se armaba todo tipo de aparatos para escuchar música y hablar entre amigos y familiares. Yo no tenía música qué escuchar y no tenía familiares a quiénes hablarles. Esos aparatos tan bonitos, relucientes, con sus pantallas lumino-sas, me parecían un misterio. Yo sólo los conocía por partes. Me parecía que otra especie de seres humanos era la que los utilizaba. Gente como la que aparecía en la tele. Allí jamás vi uno terminado y no conocía a nadie que fuera dueño de uno.

Yo nunca conocí a mis padres, me dejaron cuando nací. Eso pasa con muchas niñas en mi país. Crecí entonces, como muchas otras niñas, en el orfanato de Guijang en la provincia de Guizhou. Cada semana llegaban más niñas, sobre todo bebés. Me gustaba ir al cunero a mirarlas mientras dormían. Se movían muy chistoso, como pequeños gusanos y sus bocas eran redonditas. Las enfermeras entraban, les daban mamilas y pasaban un rato con cada una dándole masaje en sus pequeños brazos y piernas. Las bebés se ponían muy contentas con los masajes y se reían. Así fui yo en algún momento. Cuando las miraba, sentía el corazón caliente y mientras estaba allí no me daban ganas de llorar como casi siempre. Me concentraba en una e imaginaba su vida, pedía en mi corazón por que su destino fuera mejor que el mío. Tal vez llegaría alguien de fuera y se las llevaría a otro país. Eso pasaba mucho con las bebés. Cuando yo era bebé, casi no venían extranjeros al orfanato. Yo nunca me sentí bien allí, aunque era el único hogar que conocía. No es que nos maltrataran, ni mucho menos, era un lugar estricto pero amable. Si seguías las reglas, tenías cama y comida hasta la graduación. Al ser mujer en China, y más al ser una menor, no puedes anhelar nada mejor que eso. Desafortunadamente para mí, yo nací con algo defectuoso en mi carácter. El defecto era la esperanza. Yo sí soñaba con algo más.

Todo empezó cuando leí el libro de historia nacional que teníamos para la clase de civismo sobre las fábricas en la provincia de Guangdong. Junto al texto venía una foto de una chica muy joven, vestida de overol azul, trabajando en una fábrica de estéreos.

Lo planeé durante algunas semanas, esperé a que el clima mejorara y me decidí. La noche antes de partir me robé varios pedazos de pan de la cocina del orfanato y me los llevé a la cama. En la mañana me desperté con el sol. Estaba ya vestida para no hacer ruido y salí corriendo del orfanato. Vendí suficiente pan en la estación para pagar mi pasaje y el resto del pan me lo comí para poder sobrevivir un día entero. Para vender el pan imité a las mujeres del mercado que te dan a probar un poquito para que quieras comer más, porque sabía que si lo probaban, les gustaría tanto que lo comprarían. Tuve razón, además de que con mi cara de niña buena difícilmente las señoras me decían que no.

En el tren probé un refresco por primera vez, porque en el instituto nunca nos daban refresco y yo sólo lo había visto en los anuncios de la televisión. La gente que lo bebe en la televisión se ve muy contenta. Yo quería sentirme así, y mientras bebía el refresco me imaginé lo que sería mi vida a partir de ese momento. Era libre. Yo estaría por siempre a cargo de lo que me sucediera.

Todo me parecía una gran aventura y, aunque tenía un poco de miedo, me la pasé sonriendo y mirando a la gente, a las familias todo el camino. Tal vez yo encontraría una familia para mí también. Tal vez de más grande yo tendría una bebé, pero a mi bebé yo nunca la dejaría.

Era verano y ése es un buen momento para buscar trabajo en Shenzhen porque es cuando buscan gente en la fábrica. En la estación de tren le pregunté a un señor dónde era que dormían los trabajadores de la fábrica. Tenía cara de buena gente y se rio: "Duermen donde pueden, mi niña, pero creo que yo te puedo ayudar a encontrar un lugar donde estarás bien". Se trataba de un cuarto adentro de una casa donde vivían los Won, una familia muy humilde y muy trabajadora. Tenían una taberna. Si pagaba un poco más, ellos me daban de cenar, y en las mañanas muy temprano la señora me tenía listo algo de comida para desayunar antes de irme a la fábrica. Eran muy buenas personas. La señora Won sobre todo. La pareja tenía un hijo pero se notaba que a ella le hubiera gustado también poder tener a una niña.

En la taberna me dijeron que fuera a ver al señor Li para que me llevara a la fábrica donde me contratarían de inmediato. La señora Won me explicó que estaban contratando gente porque a algunos "los habían ido". "¿A dónde los fueron?", les pregunté, pensando que tal vez así hablaban en ese pueblo. Se rio un poco de mí. Después entendí que los habían corrido.

El señor Li me llevó al día siguiente a la fábrica para que me entrevistaran. En la entrevista me preguntaron si podía leer, qué edad tenía, mentí y me creyeron. Les dije que me había graduado de la escuela secundaria en mi provincia. Me creyeron lo de mi edad porque en mi país las mujeres somos muy pequeñas y delgadas, y a veces es imposible distinguir a una mujer joven de una niña. Dije que había cumplido los 19. Se sintieron satisfechos. Una niña, finalmente, no podría haber llegado hasta el pueblo sola ni buscaría un trabajo en una fábrica.

Del cuarto que alquilaba tenía que caminar media hora cruzando el bosque para llegar a mi nuevo trabajo. Siempre caminé en la oscuridad de la madrugada de ida y en la tarde de vuelta. Me perdía del sol. Caminaba mirando hacia abajo para no tropezarme. En el invierno caminaba y sentía los copos de nieve caer sobre mi rostro y derretirse. A veces la escarcha que se pegaba a mis pestañas me cegaba. A veces, a pesar de la bufanda que me amarraba alrededor de la cabeza, llegaba a la fábrica sin sentir las orejas ni las manos. Entonces me dejó de gustar la nieve. Cuando entendí que también es mala, que puede hacer daño, como algunas personas.

Tenía unos guantes muy austeros, delgados, para soportar las idas al mercado del orfanato, pero no para un invierno pesado, en el bosque. Así que me enseñaron las otras mujeres a ponerme calcetines gruesos, de ésos de hombre, encima de los guantes, porque sin mis manos no podría trabajar. Me eran vitales para sobrevivir. Tenía que cuidarlas mucho.

A veces iban otras mujeres conmigo, caminando por ese mismo sendero en el bosque, que me enseñó el señor Li, aunque en general por el horario caminaba yo solita.

En mi primer día en la fábrica, el capataz me enseñó a hacer mi trabajo y me pareció como un juego, aunque algunas horas después empecé a sentir que se me dormían las manos tras repetir tantas veces el mismo movimiento. Mi trabajo consistía en colocar un chip, el mismo chip, miles de miles de veces en un día. Los capataces eran muy estrictos y no podías dejar de trabajar a pesar del dolor o las molestias. Una niña que entró conmigo siempre lloraba y la corrieron. Yo no quería que me corrieran, yo necesitaba trabajar para poder tener mi cuarto y poder comer. A veces extrañaba mucho el orfanato y lo fácil que era la vida allí, pero al mismo tiempo me daba miedo lo que sucedería si regresaba. Me regañarían mucho. Tal vez no me aceptarían de vuelta y allí, en ese pueblo, no habría trabajo para mí. Además, no estaba segura de poder ahorrar lo suficiente para poder tomar el tren de regreso.

Yo me había ido del instituto porque quería ser dueña de mi vida, aunque a veces dudaba de si los capataces de la fábrica no eran peores dueños de mí que las estrictas tutoras del orfanato.

Al poco tiempo descubrí a otras niñas como yo. La mayoría tenía gran parecido a mí en edad, apariencia y circunstancias. A veces nos juntábamos en secreto porque sabíamos que si nos llegaban a ver juntas, sospecharían de nosotras. Juntas las niñas parecíamos recién salidas de la escuela, con nuestros overoles puestos para asistir a la clase de arte. El día que cumplí los 14 años, esas niñas me compraron entre todas un pastelito. Es algo que no olvidaré.

Un día de abril, por fin primavera, los inspectores llegaron a la fábrica. Nos detuvieron a cinco niñas y a seis niños sin papeles.

Por casualidad, justo ayer recibí en el orfanato uno de esos aparatos que yo ayudé a armar, con los que la gente escucha música. La caja del aparato venía acompañada por un sobre con una tarjeta de los gerentes de la fábrica que decía: "Cien dólares de crédito en música". Sólo eso. Cuando saqué el aparato de su caja de plástico transparente y perfecta, lo miré, quise emocionarme con su belleza del futuro, de tierras lejanas, con su pantalla luminosa, reluciente y textura lisa al tacto, pero lo único que vi fue mi rostro reflejado.

Misterios del universo

De *Rayuela* (Julio Cortázar)

¿Encontraría a la Maga?

Max miraba a Matías, el mejor detective del grupo, mientras reflexionaba sobre los acontecimientos más recientes en la casa y escuchaba los pensamientos de los distintos miembros de la familia en torno a la desaparición de la perrita labrador.

Andrea, la pequeña, no estaba de acuerdo con la teoría de sus hermanos, ella estaba segura de que la Maga había sido secuestrada por una banda de perros payasos, quienes habían visto lo graciosa que era y la querían para su show en fiestas infantiles. Andrea recordaba el día en que Maga había metido la cabeza en la cacerola para comerse el espagueti y después había aparecido en la sala con pelos largos amarillos como si llevara puesta una chistosa peluca. Por otro lado, la mamá se imaginaba que la Maga se había casado con un guapo afgano, del cual se había enamorado en el parque. Para que ella aceptara casarse y dejar atrás su confortable vida en familia, él le habría prometido una vida de viajes a lugares exóticos vendiendo alfombras y tapices finos. El papá se imaginaba que Maga por fin había decidido poner su propio negocio en algún pueblito amable en provincia. Allí vivía ahora más tranquila y feliz, sin tráfico ni largas y aburridas juntas con clientes. Matías pensaba que Maga se había perdido y buscaba pistas dentro y alrededor de la casa. Apuntaba datos y hacía planos de la casa como los detectives que veía en las películas. Pero éste era un misterio que no parecía tener razón ni solución.

Aunque había más mascotas en la casa de los Sánchez, Maga era la consentida. Todos la querían y admiraban. Había historia tras historia sobre su buen humor, nobleza y gran inteligencia. La mamá a veces decía: "Es que mírenla, sólo le falta hablar".

Andrea tenía su historia favorita sobre la Maga: una vez mientras estaban sentados todos juntos en la sala viendo el programa de televisión favorito de la familia llamado "Misterios del universo", ella se dio cuenta de algo extraordinario. El conductor del programa era un astrónomo que narraba las misiones de cohetes enviados al espacio y mostraba los maravillosos paisajes espaciales llenos de colores y elementos con explicaciones sorprendentes. Ese episodio en particular trataba sobre la misión rusa en la que una perrita llamada

Laika subió al espacio. Era una historia triste porque Laika no había sobrevivido el viaje. Andrea tenía abrazada a Maga y cuando en el programa se habló de la muerte de Laika, ella sintió de pronto que su brazo estaba mojado. Miró a la Maga a los ojos, y vio que la perrita estaba llorando, conmovida. Ejemplos así, todos en la familia tenían alguno. La anécdota favorita de Matías era la vez en que la llevaron a un torneo de tenis en que él participaba. Cuando Matías ganaba un punto, Maga ladraba de felicidad, pero se tiraba en el piso deprimida cuando él perdía. Todo el público se dio cuenta y muchos grabaron videos del suceso.

Cuando estaban a solas, los niños se ponían un poco tristes al pensar que la Maga se había escapado de la casa. Parecía quererlos y vivía muy consentida por su familia. Nunca había dado señales de estar triste o molesta por algo. Movía la cola todo el tiempo, brincaba, estaba siempre dispuesta a jugar con la pelota, amaba su hueso y su conejo de peluche. Sobre todo le encantaba visitar a cada uno en su habitación. Se turnaba para dormir en distintos cuartos. Esto también era señal de su inteligencia. Los lunes y miércoles en el cuarto de los papás, los martes en el cuarto de Andrea y los jueves y viernes en el cuarto de los niños. Los fines de semana dormía en su camita en la cocina. Nadie tenía que decirle nada. Parecía tener un calendario integrado. Era una perra ejemplar.

Al día siguiente de haber descubierto la desaparición de Maga, toda la familia fue a la papelería con una foto de la perrita e imprimieron decenas de volantes que pegaron en todos los postes de las calles aledañas, en el parque y afuera del supermercado. Por si acaso alguien la hubiera visto, venía el número de teléfono de la casa, y el papá dio permiso de poner "Habrá recompensa si nos la traen de regreso". Como Andrea estaba segura de que Maga podía leer, ella agregó: "Maga, te queremos mucho". Esa noche la familia se sentó en la sala, alguien prendió la tele y se acomodaron todos en sus lugares de siempre, pero poco a poco, uno a uno, se fueron retirando a sus cuartos. Estaban demasiado tristes incluso para ver "Misterios del universo".

La mamá habló con cada uno de sus hijos al día siguiente. Ella quería explicarles lo que le sucedía a una mujer de la edad de Maga: "Es parte de la vida, cuando una linda Maga y un guapo afgano se enamoran, quieren irse a una casita propia a formar su propia familia". Les contó a sus hijos, nuevamente, cómo cuando ella se había casado con el papá, habían tenido que vivir en la casa de los abuelos paternos y que eso realmente había sido muy incómodo para todos. Pero a los niños no les convenció lo que les decía su mamá. Estaban seguros de que si estuviera enamorada Maga les habría llevado a su novio a casa para que lo conocieran.

Conforme pasaban los días y Maga no volvía y nadie hablaba para darles información o pistas sobre su paradero, todos empezaron a pensar que tal vez la Maga sí había decidido marcharse por alguna razón urgente o importante y que tal vez después no había podido regresar o se había perdido en el camino de vuelta.

Matías pensaba que tal vez había acudido al doctor porque no se sentía muy bien, así que llamó a todos los veterinarios cercanos a la casa. Era una verdadera lástima que Maga no sabía hablar con la gente que no era parte de la familia, dijeron todos, porque seguramente así podría haber pedido direcciones para regresar a casa.

El papá, que era policía, salía a dar vueltas en la patrulla cada mañana antes de empezar su día de trabajo. La mamá visitaba los parques por si acaso, pero ambos regresaban siempre tristes a casa.

Todos siguieron así varias semanas y a ratos también se sentían culpables porque se imaginaban que ellos habían tenido la culpa de que Maga ya no quisiera vivir con ellos. Recordaban algún momento en que ignoraron a la Maga o no le dieron de comer cuando ella les pedía tan sólo un pedacito de pizza o de carne asada.

Una noche, el papá se despertó de golpe en la madrugada, y con el movimiento brusco que sintió a su lado la mamá también abrió los ojos. El papá habló: "Hay algo que me ha estado molestando, Lupe. ¿Cómo habrá podido escapar Maga de la casa? Era inteligente pero era imposible que ella abriera la puerta de la entrada".

Estaban francamente perplejos.

Adentro de la misma recámara, postrado sobre un sillón al lado de la cama, Max, el gato, escuchaba y se sentía satisfecho consigo mismo. Había logrado avanzar mucho ese día y nadie se había dado cuenta de que faltaba un bistec y algunas croquetas de la alacena. Max se lamía las patas y se peinaba los bigotes.

El gato solía decirles a las mascotas y demás animales de la casa que su propio bienestar no importaba mucho, sino que su único papel era el de ayudarlos a vivir lo mejor posible su triste encierro. Max se había puesto a estudiar en línea hasta lograr su diploma de psicólogo. Algunos años atrás y desde entonces él era el analista de aquella comunidad de animalitos. Desde los bichos, traumados después de haber sido perseguidos en intentos fallidos para matarlos, pasando por el perico que se rehusaba a ser el *mono* de los niños y repetir mil veces sus insensateces, hasta la pobre Maga, que a pesar de ser la más consentida de todos, estaba llegando al punto en que ya no toleraba la vida en cautiverio. Max tenía la agenda llena. "¡Qué casa!", solía pronunciar por las noches antes de irse a dormir.

Pero la paciente más difícil de todas, desde hacía algunos meses, era sin duda la Maga. Se quejaba de todo y de cualquier cosa. La pobre perrita decía que ya no podía más, tenía que ir a los partidos de tenis de Mati cuando lo que quería era perseguir ardillas, debía pasar horas jugando al picnic con Andrea y sus tontas muñecas, acompañar al papá a correr al parque pero con correa y escuchar a la mamá todo el día quejarse de cómo ella iba encaminada a ser una cantante famosa pero había decidido dejar su carrera para tener una familia. "Una familia que no aprecia ni las horas haciendo su comida ni todo lo que se hace por ellos". Pero para la Maga el peor de los sufrimientos venía los miércoles, cuando tenía que sentarse frente a la televisión, aplastada por Andrea, mientras veían todos un programa que a ella no le interesaba en lo más mínimo. Era lo malo de ser un juguete para los niños y no ser vista por lo que era en verdad: una perrita moderna y emancipada. "¿Verdad,

Max?", lloraba, "¿Verdad que tengo mis derechos a vacaciones y ratos de ocio y esparcimiento?".

Max sólo asentía y tomaba notas.

Max llevaba un rato intentando persuadir a Maga de todas las ventajas de vivir en libertad, para que ella tuviera el valor de irse. De marcharse y no mirar atrás. De dejar por fin esa relación tan dependiente con la familia que no la dejaba ser, florecer, desarrollarse como perrita. Finalmente un miércoles, después de la enésima sesión familiar frente a la tele, en la que deprimidísima había pasado casi todo el programa llorando porque Andrea la tenía ahorcada, ella acudió a Max y le dijo: "Estoy lista. Me marcho". Durante las siguientes semanas Max la ayudó a prepararse, a buscar mapas en el internet para definir las rutas que ella podría tomar para llegar desde la casa hasta el campo, a ese espacio tan bonito, cerca del rancho donde había nacido, y donde podría por fin correr libremente, donde nadie la molestaría ni le exigiría nada y donde podría perseguir todos los pájaros y todas las ardillas del mundo.

Cuando algunos días después lograron cavar un túnel por debajo de la casa hacia la calle, Max la ayudó a disfrazarse. Utilizando pintura para zapatos color negro, la transformaron de rubia en morena. Nadie la reconocería mientras transitaba por las calles hacia su destino final.

Cuando llegaron juntos al final del túnel, la Maga miró a Max y le dijo: "Max, muchas gracias por ayudarme a sacar mi lobo interior. Cuídalos mucho a todos, tú que sí los entiendes bien". Maga soltó la última lágrima de su vida y se marchó rápidamente hacia la felicidad campirana. Max la miró desaparecer complacido. ¡Tanto trabajar para convencerla! Pero ahora, finalmente, ¡lo había logrado! La casa era toda suya de nuevo. Max entró con la cabeza en alto por la puerta de la cocina. Estaba convencido de que esta vez no volverían a adoptar a otro perro más. Pobres niños, ya era la tercera perrita que "se les escapaba" justo debajo de sus narices. Max se congratulaba una vez más por ser el mejor psicólogo de animales, y sobre todo el mejor terapeuta de perros, de todo el mundo, por lo menos mejor que aquel mexicano que dice poder hablar con ellos. Sí, ese que sale en la tele por las noches al terminar "Misterios del universo".

Mejor que la vida real

De *Rebeldes* (S. E. Hinton)

Cuando salí de la oscuridad de la sala de cine a la luz de día, sólo tenía dos cosas en mente: Paul Newman y conseguir un aventón a casa. Caminando muy lentamente por la puerta de la salida, iban dos señoras fofas y una le decía a la otra: "Ya no hay actores como Paul Newman".

Tenía ganas de decirle: "Señora fofa, estoy completamente de acuerdo con usted". Ya nadie tiene esa marca de *cool*. Porque *cool* no tiene nada que ver con la marca de jeans o de lentes oscuros que utilices. Ésa es una marca natural. O la tienes desde siempre o, aunque te pongas cuarenta disfraces súper fashion, nunca lo tendrás. Pensaba en Paul Newman también porque me recuerda en algo a mi tío Guillermo. Mi tío Guillermo es el hermano de mi mamá y se murió en un accidente de automóvil el año pasado. Mamá se quedó muy triste y se nota a veces, cuando mira hacia el horizonte, que está pensando en él. Yo me imagino que ella piensa en dónde estará la mente del tío Guillermo, eso que llaman su conciencia o su alma. Yo creo en el alma, así me enseñaron en la escuela, a creer en el alma y creer en Dios y creer en los ángeles que te acompañan y te protegen. Mamá y papá a veces van a misa. A veces mamá canta las canciones de la iglesia mientras cocina o mientras hace la limpieza de la casa. Me gusta cuando canta. Siento calientita la panza. Sí, aun ahora, en que yo cargo mi propia marca de *cool*, siento calientito en la panza cuando mamá canta en la cocina.

Del aventón, pues ya no tenía para el camión porque me había gastado lo último que me quedaba en unas palomitas grandes con mantequilla extra. Tenía hambre y sentía que no aguantaría hasta la cena.

Mi casa no está lejos del Cine de Arte, pero no me gusta caminar. Evito caminar siempre que puedo. Me parece aburrido caminar. Pero hoy parecía que sería imposible conseguir un *rait*. El cine estaba vacío, era una película viejita, de las que ya sólo me gustan a mí y a las señoras fofas. Yo quiero hacer películas cuando sea grande, y me gusta cualquier película, vieja o nueva, de terror, de aventuras, grandes dramas, pero mis películas favoritas son los *westerns*, o sea, las películas de vaqueros. Ésas me gustan sobre cualquier otra. Creo que es porque se sabe a la legua quién es quién, el malo va de negro y el bueno de blanco. El malo es muy malo y el bueno es muy bueno, y debe acabar con el malo. Siempre gana el bueno. Eso me hace sentir tranquilo.

Mi mamá de joven fue de vacaciones a Cuba y me contó que en el cine en ese país la gente le habla a la pantalla. Yo siempre pienso en eso. A mí me gustaría a veces decirle cosas a la pantalla también, dirigir a los actores para que eviten el peligro o que corran más rápido y que no los alcance el monstruo.

En las obras de teatro a las que me llevaban de niño siempre hacíamos eso, les hablábamos a los títeres o a los actores. Y era bien visto. Ahora eso causa extrañeza y a la gente le parece que quienes lo hacen están locos.

Empecé a caminar y pasé por una casa donde estaban encendidas todas las luces. Se escuchaba la canción "La Macarena", y cuando volteé, vi por la ventana a toda una familia: papá, mamá, abuelos, tíos, todos bailando y haciendo los mismos pasos. Me pareció muy chistoso y me imaginé que lo hacían todas las noches antes de cenar. Era una versión en remix que duraba una eternidad, y la tenían puesta tan fuerte que la seguí escuchando tiempo después de haber pasado su cuadra.

Cuando era niño juraba que la canción decía "Dale a tu cuerpo alegrías, Macarena", o sea que era un gran comercial para que uno comiera alegrías, y para mí tenía todo el sentido porque la maestra de biología nos había dicho que las alegrías tenían mucha proteína y que son muy buenas para la salud.

Caminé un par de cuadras y enseguida vi a unas chicas de la escuela platicando y riéndose, sentadas en un café. Me vieron a mí también y me saludaron de lejos. Nunca antes me habían saludado y me puse todo contento. Hasta caminaba un poco más derechito creo, como un bebé pavo real, porque soy muy chaparrito.

Luego pasó cerca de mí un coche lleno de mariachis, que seguro iban a dar una serenata, y me imaginé lo que habría pasado si les pedía un aventón, y cómo habríamos logrado que yo entrara entre los sombreros, los instrumentos y las grandes barrigas de don Camilo y sus tres compadres. Así le puse yo en mi imaginación al grupo de músicos.

En el parque había una pareja de enamorados. Estaban en medio de un juego de ajedrez. Se reían mucho y entre jugadas se daban besos y se hacían cariños. Luego ella, de pronto, le declaró *check mate* y el chavo se puso furioso. De un segundo a otro, de novio cariñoso y buena onda se transformó como Hulk en un energúmeno. Me quedé parado para ver si tendría que ir a rescatar a su novia, pero al parecer ella se podía defender bien. Se reía de él y luego lo intentó calmar. Ése sí que es un mal perdedor.

Casi a punto de llegar a mi calle vi otra escena que me gustó mucho: dos hermanos gemelos jugando ping pong. Eran buenísimos y cada ronda duraba mucho. Era como si se estuvieran mirando en un espejo y como si uno adivinara perfectamente lo que el otro fuera a hacer enseguida.

Vi muchas escenas que me hubiera gustado filmar de haber tenido una cámara.

Para antes de mi cumpleaños espero ahorrar lo suficiente con mis domingos para comprarme un nuevo celular con cámara para empezar a hacer mis pequeñas películas. Así que sí, fue una caminata interesante del cine a mi casa.

¿Pero mejor que un aventón?

No es para tanto.

Paulina

De *En memoria de Paulina* (A. Bioy Casares)

Siempre quise a Paulina. Ese hecho nunca me había parecido extraño ni me había causado ningún problema, hasta ese momento.

Desde niño lo tenía muy claro, no podía prescindir de Paulina. Ella era así de importante para mí. Para darles un ejemplo de cómo mi amor empezó desde la más temprana edad, les contaré una pequeña historia verdadera: cuando niño, a mis hermanos y a mí cada último día del año mi madre nos hacía el test de la Isla Desierta. El test consistía en nombrar lo que llevarías a esta isla de la cual ya no regresarías jamás. Las categorías sobre las cuales tenías que decidir eran: un disco, una bebida, un platillo (que comerías en el desayuno, la comida y la cena), un libro, una película, una persona y un objeto. Si haces este test ahora y contestas con franqueza, verás que las respuestas revelan mucho de quién eres.

Mi madre nos hacía el test al finalizar cada año, porque quería saber con certeza cómo habíamos cambiado a lo largo de esos doce meses. Era un test definitivo. Tenía una gran memoria y siempre se acordaba de nuestras respuestas. Le podías preguntar: "Cuando tenía seis años, ¿qué respondí, madre?", y lo sabía perfectamente.

Como era de esperarse, cada año mis respuestas cambiaban. Un año decía hamburguesas y Pink Floyd, *El señor de los anillos* y *E. T.*; al siguiente lasaña, los Rolling Stones… y así mis respuestas se transformaban radicalmente. Lo único constante, desde la más temprana edad hasta el día de hoy, ha sido lo que contestaba ante la pregunta de a qué persona llevaría. Ésa siempre era Paulina.

Paulina es la persona que mejor me ha conocido jamás. Me ha visto en mis mejores momentos y en los peores. Es mi mejor amiga y asesora. Me lleva sólo veinte años, así que casi pertenece a mi generación, y es la mujer más chistosa del universo. Por eso, cuando me cambié de ciudad y de trabajo, quería absolutamente que se mudara conmigo y viviera en mi nueva casa, esa que muchos de ustedes llaman Los Pinos.

Hace algunos años gané las elecciones para convertirme en presidente de México, y uno pensaría que el nuevo presidente podría llevarse a vivir a Los Pinos a quien quisiera, pero no, no es así. Mis asesores me pidieron, me rogaron, me lo

impidieron legalmente. No querían que lo hiciera. Decían que los medios de comunicación con-
vertirían esa situación en un circo y no entenderían
el valor del apoyo y los consejos de Paulina como
algo bueno.

Verán, Paulina es mi nana.

Sí, a mi edad y a pesar de los cargos que he
tenido a lo largo de mi vida, tengo una nana. Una
nana no cumple un cierto término y deja de ser nana.
La nana de uno lo es para siempre. Las nanas son
personajes importantísimos en la vida de una persona. Te cuidan, te dan cariño, te dan consejos y
te ven con objetividad. La nana de uno no es su
mamá, la mamá siempre pensará que uno es lo
mejor del mundo, o lo peor del mundo, dependiendo de la mamá que te toque, pero la nana te ve tal
como eres, no se hace ilusiones. Las nanas son
muy buenas porque dedican sus vidas a dar amor
y a convivir con todo tipo de familias. Es así como
aprenden tanto sobre los seres humanos. Se vuelven sabias y son muy buenas. Dentro de las nanas
sabias y buenas, hasta arriba está la mía: Paulina.

A pesar de mi explicación sobre lo necesario
que era para mí la presencia de Paulina en mi casa,
además de que siempre había vivido conmigo y
había cuidado y amado a mis hijos, y era una gran
amiga mía y de mi mujer, mis asesores protestaron:

—Señor Presidente, usted no puede traer a su nana al palacio presidencial.

—¿Por qué no?

—Porque la gente se burlaría de usted. Los ciudadanos, los partidos de oposición lo harán pedazos y los mandatarios de otros países no lo tomarán a usted muy en serio. Si se llega a saber que su nana es su principal asesora, intentarán destituirlo.

—No me importa. Que lo intenten. No tendrán un motivo.

—Sea prudente, señor Presidente. Denos una razón concreta por la que la señora Paulina tenga que vivir con usted. Le puede poner una casa, puede vivir en algún lugar cercano.

—Pero es que yo necesito que Paulina esté cerca en caso de una emergencia nacional. El saber que está cerca me tranquiliza para tomar buenas decisiones. ¿Quieren una razón más concreta, señores? El Presidente necesita de Paulina para poder dormir, descansar y hacer su trabajo correctamente.

—Señor Presidente, lo de la nana es imposible.

—Pues yo digo que no lo es. Si mi esposa está de acuerdo en que yo tenga una nana, porque la nana me hace ser un mejor esposo, no veo por qué la nación se opondría.

Paulina me dijo que yo no podía hablar por la nación sobre ese asunto, que mejor les preguntara antes de andar de hablador.

Decidí entonces hacer un referéndum. Un domingo de octubre la gente salió a votar sobre si Paulina podría vivir en mi casa con mi familia y si consideraba conveniente que ella fungiera como mi asesora no oficial.

Los resultados fueron contundentes y la reacción de los votantes, sobrecogedora. Muchos asistieron a votar con las fotos de sus nanas, muchos llevaron a sus nanas ya ancianitas, y la mayoría de la población, que había sido una nana, que había tenido una nana o que había conocido a una nana, declaró que estaba muy bien que Paulina y cualquier nana presidencial en el futuro viviera en Los Pinos.

El resto es parte ya de nuestra historia como país.

Como sabrás, hace poco se escribió un nuevo himno nacional que incluyera un nuevo verso, una gran oda a las nanas. ¿Por qué? Entre muchas otras razones porque durante mi sexenio, el país creció como nunca económicamente, la figura de Paulina inspiraba confianza entre la población acerca de que el gobierno tomaría buenas decisiones, además provocaba en los ciudadanos un deseo de hacer las cosas bien para no decepcionar a sus nanas. La violencia y el crimen disminuyeron en 85%. Vivir en México de nuevo era un placer y el mundo empezó a emular el *modelo nana*. Pero la mayor y más benéfica influencia que tuvo Paulina fue en mi toma de decisiones. Tres veces a la semana sostenía una reunión privada con ella, en la sala de reuniones, y mientras tomábamos leche con chocolate y pan dulce ella me contaba los mejores cuentos de su pueblo, que me ayudaban a tomar mejores decisiones sobre lo que sería benéfico para la mayoría. Además de sabia, Paulina también es una mujer encantadora y como formaba parte de mi círculo más cercano, viajaba conmigo y a todos los presidentes les caía muy bien. Muchos en privado me dijeron que me envidiaban a Paulina: "Es difícil tener alguien tan sensato y tan fiel de asesor".

Por eso en estas elecciones que se acercan yo apoyaré al candidato, sin importar el partido al que pertenezca, que desee un gabinete de nanas.

Le moustache

De *Madame Bovary* (Gustave Flaubert)

Nos encontrábamos en el salón de estudio cuando el director entró seguido por un novato con atuendo provinciano y acompañado por un celador que cargaba un gran pupitre. El celador tenía un bigote de domador de circo y mientras cargaba el pupitre hacia el centro del salón, el bigote se le cayó. Desde allí, todo empezó a desmoronarse.

Si tan sólo la directora de la obra no hubiera aceptado la pésima idea de Luisa de usar dicho bigote para darle mayor personalidad al celador, tal vez nada dramático hubiera pasado enseguida. He pensado mucho en esto. Finalmente qué más daba si el celador tenía personalidad o no, era el celador, un personaje secundario, un extra, un bigote más o menos. Siempre nos quedaremos con la duda sobre lo que habría sucedido si la obra hubiera marchado a la perfección, con la misma fluidez que en los ensayos generales. Si los papás, hermanos, amigos, novios y maestros nos hubieran ovacionado y aplaudido al unísono por el gran esfuerzo que implicó poner una obra de teatro con tan poco presupuesto, dirigida por una de las alumnas, con nuestra propia decoración, iluminación y hasta un vestuario hecho por nosotras mismas, la obra habría quedado como un lindo recuerdo en los álbumes de fotos de las alumnas y nada más. En vez de eso, fuimos la burla, el gran chiste de la semana y el fin de la Academia de Actuación para niñas mal peinadas de madame ZsuZsu.

Pero ¿quién fue el que dijo: "El que ríe al último ríe mejor"? Quién haya sido es sin duda un genio. Pedro, el primo de mi amiga Lola, la que hacía el papel de la maestra de la escuela, subió un video a YouTube que hizo que nuestro gran ridículo fuera visto internacionalmente. Las escenas en las que una por una olvidábamos nuestras líneas, en que se caía la escenografía y yo terminaba en el piso llorando como la verdadera madame Bovary tuvieron más hits que cualquier otro de esa semana. Fue tal la catástrofe que la gente pensó que era todo al propósito y nos amaron. A la directora, María, la llamaron para ver si no le interesaba dirigir una película cómica en Hollywood y fue así también como a mí me ofrecieron un papel en una serie de televisión y después en un par de películas, que es lo que me lleva a estar aquí ahora. Así que si tu agente te dice que no existe la mala publicidad hazle caso porque tiene toda la razón.

Por eso hoy le dedico esta estatuilla a mi director, a Pedro, el primo de Lola y a mis padres, porque sin la colaboración de ellos no estaría aquí parada, recibiendo este premio Óscar a mejor actuación femenina del año 2018.

Todo habla

De *Nos han dado la tierra* (Juan Rulfo)

Después de tantas horas de caminar sin encontrar ni una sombra, ni una semilla de árbol, ni una raíz de nada, se oye el ladrar de los perros.

—Por fin —exclama Mina.

La alcanza Ricardo. Mientras platican, él camina en círculos alrededor de los ocres y rojos violentos, que a veces se confunden también con las de color café.

—¡Cuántas hojas! —exclama él.

—Pues qué esperabas —le dice ella riendo—, si es el campo.

Ella camina entonces hacia arriba, hacia los niños bañándose en el río.

—Los ríos tienen bocas —murmura ella—. ¿No es extraño eso?

Encuentra la ropa de uno de los niños tirada abajo de un árbol. Los jeans azules y la camiseta blanca contrastan con el verde olivo. Ve a otro niño de calzones, con los labios morados y los brazos cruzados. Se salió del río y el aire está fresco. La luz revela la hora. Alguien ha encendido un farol afuera de la casa de las bugambilias. Entre las nubes, la luna apenas dibujada parece un segundo sol, el fantasma de un sol. Lejana, la montaña tiene un pico blanco. Todas las cosas hablan, piensa ella. Nos dicen algo sobre quiénes son y el lugar al que pertenecen. Ricardo suspira, la mira, camina hacia ella y la abraza por detrás.

—Qué lindo esto —le dice. Mina está de acuerdo. Se quedan así un rato, admirando la escena. Hay tanto que ver. Después de un rato Ricardo se va a dormir. Ya es tarde pero Mina no puede descansar. Prefiere seguir caminando, mirando el paisaje, aunque ahora necesita más luz para ver. Se pone los lentes y enciende su linterna. Escucha al grillo. Después de un rato grita, grita y se tira al piso exhausta y feliz. Se ríe. Ricardo se despierta y sale corriendo.

—Lo logré, dice ella. Acabo de colocar la última pieza del manzano. Ricardo le da la mano para levantarla. Mira el rompecabezas completo. Es una visión encantadora: el campo, la casa de las bugambilias, el río, los niños que nadan y se ríen, todo tan lejano, presente ahora en su pequeño departamento en la Colonia del Valle.

La última ley

De *Intermitencias de la muerte* (José Saramago)

San Dominico del Volcán, 16 de febrero (Reuters)

Y al día siguiente no murió nadie. Tal
vez la multa era demasiado alta.

En el poblado de Chúchula de Babin-
go, en San Dominico del Volcán, al sur
del continente norteamericano, con una
población de poco más de 3 mil 700
habitantes, el 12 de febrero de este
año, morir se decretó como un acto
ilegal.

El alcalde explicó en conferencia
de prensa que el poblado de Chúchula
ya no tiene espacio en su cementerio.
Esto no sería un problema porque a la
gente que se muere simplemente se le
podría llevar al pueblo más cercano,
que tiene un cementerio muy grande,
pero lamentablemente, como están pe-

leados con ese pueblo por un asunto de honor, o sea un lío futbolístico de suma importancia, la muerte de algún lugareño ocasiona un problema grave de logística.

El alcalde dijo a la prensa que los habitantes están satisfechos con la nueva ley.

"La orden ha traído felicidad", dijo don Lorenzo.

Desafortunadamente, dos ancianos desobedecieron ayer y se les tuvo que hacer un arresto domiciliario hasta encontrar una solución más permanente a su problema.

El color de las jacarandas

De *Mr. Vertigo* (Paul Auster)

Yo tenía doce años la primera vez que anduve sobre el agua. Fue en una canoa india en un campamento de verano en Valle de Bravo. Cuando nos sentíamos sofocados por el calor, nos movíamos cuidadosamente dentro de la canoa, nos acomodábamos y nos quedábamos dormidos bajo la sombra de algún árbol frondoso a la orilla del lago. El agua mecía la canoa y era delicioso dormir así, como en una hamaca flotante. Pero debo decir que, ahora, esta manera de dormir en agua se siente muy distinta.

Empecé a tener dolores en la espalda y me llevaron al doctor. Allí les expliqué otra vez a él y a mis papás que los dolores empezaron sólo este año en que tenemos más libros que nunca antes y mi mochila pesa un montón.

El doctor encontró que tengo una cosa que se llama *escoliosis* y me explicó que, como su nombre lo indica, con tantas eses, yo tengo la columna vertebral muy desviada. Me mandó una férula que me pongo debajo de la ropa y que tengo que usar todo el día, una mochila con rueditas y dormir en una cama con amortiguadores hidráulicos, o sea, una cama de agua.

Una vez más, escucho el saludo de mamá de cada mañana: "Son las siete, Pame, ya despiértate".

Anoche me quedé dormida pensando que en mi vida nunca sucede nada padre. Ahora, con todo esto de la escoliosis, aunque mis papás están preocupados por mí, me han consentido aun menos de lo normal. O sea que vivo todo lo malo de la enfermedad y ninguna de las ventajas.

Mi vida está llena de rutinas bastante aburridas. Ésta es la de la mañana: abro los ojos poco a poco hasta acostumbrarme a la luz y luego me levanto, doy un par de brinquitos sobre la cama con los brazos bien extendidos hasta sentir que ya me estiré por completo, después me pongo la férula, me visto, bajo a desayunar, me lavo los dientes y salgo justo a tiempo para llegar corriendo a la escuela antes de que suene la primera campana. Mi escuela queda muy cerca de mi casa, por lo que puedo ir solita y no necesito que nadie me recoja ni me lleve. El resto del día está compuesto por clases en la escuela, hacer la tarea y pedirle ayuda a mi mamá cuando la necesito, jugar un rato sola en el patio o en mi cuarto, dependiendo de si llueve o está soleado, y ver alguna serie en la televisión, hasta que llega mi papá y cenamos. Cuando oscurece, me baño, leo un rato en la cama y empieza todo otra vez. Digamos que mi vida es la típica vida de una chica de catorce años que vive en la ciudad.

Pero hoy al despertar siento que me duele el cuello más que nunca. ¿De qué sirvió la cama? ¿Y la férula? ¿Y las rueditas en la mochila? Hago un intento inútil por abrir los ojos pero lo pienso mejor y decido que si me quedo cinco minutos más en la cama, nada malo puede pasar. Abro los ojos poco a poco y creo que sigo soñando. Me tallo los ojos para estar segura. Esto no puede estar sucediendo:

Mi cama está a metro y medio abajo de mí.

Seguramente sigo soñando. Levanto la cabeza y me doy un fuerte golpe contra el techo. Me doy cuenta de que no estoy dormida. Entro en pánico.

"Flojitaaaaaa, ya leváaaaaantate, o entraré yo a darte de almohadazos", escucho la amenaza de mi progenitora.

¡Mi mamá! No puedo dejar que ella me vea así, seguro se desmaya.

¿Y si estoy muerta? ¿Si ahora soy invisible? ¿Me habré convertido en fantasma? ¿Será? Me pellizco y me doy cuenta de que no es eso. Auch.

¿Pero por qué estoy en el techo? No entiendo nada, pero por la razón que sea, no puedo dejar que mi mamá entre a mi cuarto.

Pero si yo soy una niña buena, ¿qué he hecho para merecer esto? ¿Será un castigo por decirle mentiras a la maestra de matemáticas sobre por qué no hice la tarea?

"Ya, mami, ya voy", le grito sonando lo más despierta y normal posible.

O tal vez sea un premio secreto que les toca a las niñas buenas como yo que no la pasan tan bien como deberían. Tal vez el estar así es algo bueno. Después de todo yo siempre he querido que me suceda algo extraordinario.

Si estoy en el techo y he perdido la gravedad, seguramente puedo volar. Ay, qué bueno que aprendí algo en clase de ciencias. Decido hacer un experimento. Como Superman, extiendo los brazos hacia el frente y me empujo contra la pared con los pies. Es como nadar en el aire. A ver, intentaré una marometa. Doy una vuelta hacia atrás y me siento un poco mareada. Estoy flotaaaaa-aaando.

A ver, de mariposa. Pataleo y me muevo. Esto es genial. Suelto una carcajada al pensar en cómo me he de ver flotando por el techo de mi cuarto en mi pijama de rayas rojas.

"Última llamada. Vas a llegar tarde a la escuela."

La escuela. Se me había olvidado por completo que tengo que ir a la escuela.

¡No puedo llegar volando a la escuela! ¡Qué dirán los maestros… y mis compañeros!

Pensándolo bien, si puedo volar, ¿para qué quiero ir a la escuela?

Tal vez mañana cuando me despierte ya habré perdido este superpoder. Tal vez sea un regalo que dure sólo un día. Algo así como mi cumpleaños.

Me acerco a la ventana y veo que es un día muy bonito. Todas las jacarandas están en flor. El cielo es de un tono azul muy brillante y hay pocas nubes.

Decido que es el día perfecto para dar un paseo aéreo por la ciudad.

Cedo la palabra

De *La perfecta señorita* (Patricia Highsmith)

Teodora, o Tea como la llamaban, era la perfecta señorita desde que nació. Desde la más temprana edad se quejaba de lo que ella llamaba "la vulgaridad". Vivía regañando a los niños de su salón por decir groserías y hablar con la boca llena, y a las niñas por ser frívolas o decir tonterías.

Tea Angelopolus se sentía brillante y sofisticada, y aunque en la escuela los maestros la admiraban por ser siempre la primera en calificaciones del salón y por verse muy bonita en el sentido más serio de la palabra, no era muy querida por sus compañeros. Es más, Tea Angelopolus no tenía amigos de verdad. Y aunque a ti o mí eso nos cause tristeza, a ella no parecía molestarle mucho. Tea leía, estudiaba, se ponía mascarillas en la cara y en el pelo, y hacía ejercicio en la caminadora fuera de la vista de los demás. Su única ocupación que requería de la convivencia con otros era el ballet, al que iba dos veces a la semana. Le sentaba bien el ballet, era delicado y las niñas que asistían eran serias. La ropa para el ballet era de sus colores favoritos y todas se veían agraciadas cuando bailaban. Era un danza elegante.

En general era tan estricta con ella misma como con los demás en cuestión de educación, cultura y apariencia pero había cosas que a Tea la ponían realmente de mal humor, cosas que para los demás tal vez no tenían ninguna importancia, como ver a alguien mascar chicle y tronarlo, las minifaldas y los malos modales en la mesa.

Teodora usaba tenedor y cuchillo hasta para comerse una hamburguesa. No es que alguien le hubiera leído *El manual de Carreño* de bebé en vez de contarle cuentos de hadas, o que le hubieran cantado arias de ópera en vez canciones de cuna, tampoco que ella hubiese nacido con una cuchara de plata en la boca, sucedió que simplemente Tea era una *esnob natural*.

Un lunes de principios de primavera, la escuela entró en un revuelo después del gran anuncio sobre el congreso interescolar en Tulum. La directora había notificado a los alumnos de tercero de secundaria que algunos alumnos irían en representación de la escuela. Se elegiría a un grupo entero con base en la presentación más original y convincente de sus motivos para querer ir a la playa y hablar a nombre del colegio. Las presentaciones de los seis salones se llevarían a cabo tres semanas después, en la asamblea general de la escuela. Los jueces serían maestros de otros grados y la directora misma.

Todo el salón de Tea, al escuchar cómo se llevaría a cabo la elección, se emocionó mucho porque si algo tenía ese salón en particular era que los alumnos eran muy ruidosos, chistosos y originales.

Tea sugirió que se escribiera un ensayo sobre las características positivas de los alumnos de Tercero A, pero nadie le hizo mucho caso, aunque a la miss Lili le pareció un comentario *correcto*. Regina presentó su idea enseguida. Ella opinaba que debían inventar una porra sobre el salón y hacerla muy chistosa. Luego Marco se imaginó el escenario y dijo que la presentación debía empezar con una alumna diciendo la porra sola y que luego poco a poco se fueran incorporando todos los demás, uno por uno tal vez, hasta que estuvieran todos en el escenario. José dijo que conforme entraran al escenario podrían ir formando una pirámide como las que hay en Tulum. Y a todos les encantó esa idea.

Los detalles se fueron precisando poco a poco: todos irían vestidos de color arena y de escenografía habría un gran telón con un sol brillando y el mar muy azul como el de Tulum. Todos estuvieron de acuerdo en que lo dibujaran Matilde y

Pit, los más artísticos de todos. Además, Pit había ido a Tulum y sabía cómo era el mar del Caribe. Nadia y Nydia, que eran mejores amigas y hacían gimnasia olímpica juntas, dijeron que, una vez que estuviera formada la pirámide, ellas cruzarían el escenario desde ambos extremos, haciendo vueltas de carro y piruetas, y luego terminarían con una maroma aérea simultánea que caería justo al centro.

Todos se pusieron de acuerdo para ensayar la semana siguiente por las tardes y les encargaron a Tea y a Carlos, el poeta del salón, escribir una porra chistosa, que hablara de las virtudes de Tercero A. Bueno, más bien le encargaron a Carlos la porra chistosa y a Tea le pidieron que revisara la ortografía y la gramática, porque después de la presentación tendrían que entregarla escrita al jurado.

La maestra Lili estaba muy contenta de ver a sus alumnos tan entusiasmados. Ella no podía ayudarlos porque así venía estipulado en las reglas del concurso, pero sí podía darles ánimo, y eso lo hacía muy bien. La maestra pensó mucho sobre cada uno de los miembros del jurado y estaba segura de que elegirían al salón que lograra dar la presentación más entusiasta, junto con el discurso más simpático y persuasivo. Sin hacer trampa, le hizo a su grupo algunas preguntas sobre lo que a ellos les gustaría ver si fueran parte del jurado, y ellos solitos fueron dando sus ideas. Ella se sintió realmente orgullosa de lo creativos que eran y lo bien que trabajaban en equipo. Tercero A era un gran grupo. Pero Tea no pensaba cómo la maestra Lili le desesperaba un poco que fueran tan infantiles a veces. Estar en tercero era casi estar en la prepa, y en la prepa ya no había lugar para actitudes infantiles.

Carlos y Tea se reunieron al día siguiente para escribir la porra. Tea invitó a Carlos a su casa porque allí nadie los molestaría y podrían trabajar tranquilamente. No era que a Carlos le molestara el ruido, estaba acostumbrado a hacer su tarea y escribir poemas en medio del peor escándalo. Tenía tres hermanos menores y compartía cuarto con uno de ellos, el más desastroso y ruidoso. A veces, cuando veía que todos estaban en su cuarto y él necesitaba hacer su tarea de matemáticas o historia, aprenderse algo de memoria, practicar la guitarra o escribir un poema, colocaba su mesa de trabajo y su silla en medio de la habitación y dibujaba con gis un círculo alrededor de su escritorio. Sus hermanos podían jugar alrededor de él pero tenían prohibido tocar su escritorio y sus papeles mientras estuviera adentro del círculo. Por alguna extraña razón sus hermanos lo respetaban. Cuando Carlos escribía, lograba entrar en una zona de silencio en la que no escuchaba nada más que su propia voz. Eso le encantaba.

Carlos y Tea trabajaron en su cuarto. La mamá de Tea les llevó té helado y galletas de avena. Carlos tenía hambre y se las comió todas en un santiamén, pero eso a Tea no le pareció vulgar sino muy simpático. Todo lo que él hacía y decía le parecía simpático. Aun aquellas cosas que no toleraba en los demás. Ella misma lo notó y se sorprendió.

Cuando empezaron a trabajar, Carlos le dijo que había estado pensando mucho y que se le había ocurrido que la porra fuera un poema que rimara y que hablara de cómo habían decidido hacer entre todos la presentación, con la participación de cada uno de los alumnos, de acuerdo con sus talentos. Así se notaría que todos podían trabajar bien en equipo y también que todos tenían algo que aportar en Tulum si los elegían para ir en representación de la escuela.

A Tea le gustó mucho lo que proponía Carlos y de vez en cuando agregaba una palabra o una frase entera, con bastante humor e inteligencia. Carlos se sorprendió y luego se puso muy contento al ver que podían trabajar tan bien y que Tea, aunque era muy seria y muy disciplinada, también era más simpática de lo que él había esperado. Y ya de cerca hasta era bonita. Como llevaban tantos años en el mismo salón ya ni siquiera la volteaba a ver. Parecía a veces una niña, con su pelo bien estirado en una cola de caballo y su ropa impecable, muy bien planchada y casi siempre blanca o de color rosa. Cuando Tea se reía y le brillaban los ojos, o cuando se acercaba a él para corregir algo y luego se alejaba, dejaba un poco del rastro del olor de su jabón en el aire. En esos momentos a Carlos le parecía la chica más guapa que había conocido jamás.

Después de algunas horas terminaron de escribir la porra, la leyeron en voz alta varias veces, cambiaron un par de palabras por otras más chistosas, y para cuando la mamá de Carlos pasó por él, los dos sentían no sólo que habían logrado escribir algo que podría ganar el concurso y llevarlos a Tulum, sino que los dos eran ya buenos amigos. Cuando él le dio un abrazo de despedida, algo pasó en el corazón de Tea. Vio, como si fueran de pronto iluminadas por un relámpago, imágenes de ellos dos en la escuela juntos, y luego en el viaje a Tulum caminando de la mano por la playa, y luego una boda, en la que ella era la novia con un vestido largo de tafetán blanco y él el novio. Vestido a la vieja usanza, como un muñeco de pastel. Las escenas eran como de película romántica. Perfectas.

Tea no entendía lo que le había sucedido ese día hasta que recordó un libro que hablaba de una chica que experimentaba esa misma emoción. Claro, pensó, estaba enamorada por primera vez en su vida. Sintió que su cara cambiaba de color. No pudo mirar a Carlos al decirle adiós y no sabía muy bien qué hacer con ese sentimiento tan extraño. Ella siempre había estado tan clara de todo, tan segura de sí misma, pero ahora se sentía distinta, vulnerable.

Esa noche casi no pudo dormir de la emoción al saberse enamorada. Quería que ya fuera el día siguiente y miraba por la ventana en espera de que amaneciera por fin, para poder ir a la escuela y ver de nuevo a su primer amigo y futuro esposo.

Durante el ensayo, mientras Nadia y a Nydia inventaban su rutina de gimnasia, Tea veía lo bien que la pasaban las dos amigas, cómo se reían y cómo se veían tan bonitas con sus payasitos y sus pelos sueltos flotando en el aire cuando hacían piruetas. Tea sintió un leve retortijón de envidia, también por primera vez en su vida. Se arrepintió un poco de haber estudiado ballet, que era bonito pero un poco rígido y no tan divertido como parecía ser la gimnasia olímpica. Sobre todo, a Tea le gustaron las vueltas de carro y le recordaron al hombre de Vitruvio de Leonardo da Vinci.

Luego se sintió impresionada por Marco y Regina, y cómo dirigían perfectamente todo el caos de tantos niños escandalosos y lograron que sus compañeros no sólo se organizaran, sino que también sintieran que era divertido lo que estaban haciendo. ¡Hasta lograron hacer que la pirámide funcionara! Y eso no era pequeña hazaña.

Cuando terminó el ensayo, ella escuchó a Carlos reírse en una gran carcajada al otro lado del salón y cuando subió la mirada, lo vio con sus dos mejores amigos. Parecía estar muy divertido. Todos en el salón tenían alguien con quién platicar y con quién reírse, hacer planes y soñar con Tulum. De repente se sintió muy sola. Nunca antes le había sucedido eso. Nunca antes había extrañado tener gente cerca. Se sentó en una esquina y miró a Dalila, admiró como se reía tan libremente con sus amigas. De todas las niñas del salón, la más frívola —aunque la más bonita—, según Tea, era Dalila. De pronto sintió celos de ella, de lo bien que la pasaba y lo bien que se veía con su minifalda. Esperaba que Carlos no le pusiera demasiada atención a lo bien que se veía. Pero en ese momento lo que más extrañó fue una amiga a quién contarle lo que le estaba pasando.

Después de aquella tarde en casa de Tea, Carlos a veces se le acercaba y platicaban un poco.

Ella intentaba sonreír mucho, como aconsejaba el artículo que leyó en la revista de su mamá titulado: "Cómo darle a entender a ese hombre guapo que él te gusta, sin ser demasiado obvia".

Ella recordaba las cosas que le había contado Carlos en su casa y le preguntaba sobre su perro y sus hermanos, que no lo dejaban vivir en paz. Él se sentía contento y extraño porque veía que Tea no hablaba con nadie más. Cuando alguien hacía algún comentario malo sobre lo regañona que era Tea, cosa que pasaba bastante seguido, Carlos decía que no lo era tanto, que no la conocían bien y que seguramente tenía buenas intenciones cuando decía las cosas. Los demás lo miraban extrañados. Tea, por su forma de ser, había sido siempre la que no pertenecía al grupo. A Tea sólo a veces la invitaban a las fiestas de cumpleaños y aunque todos sí iban a las fiestas de Tea, era más bien porque sus mamás los forzaban y porque siempre daba buenos regalos y el pastel de su casa era muy sabroso.

Después de un par de ensayos, en los que al final Tea observaba a la gente y empezaba a admirar a todos, por sus talentos y por cómo formaban un equipo genial, tal como decía la porra, Tea se miró en el espejo y decidió que quería cambiar, que quería verse diferente. Se soltó el pelo y se lo peinó con raya de lado como Dalila, y sin pensarlo mucho así se fue a escuela. Varios niños la voltearon a ver, aunque ninguno lo admitió ante los demás. Carlos lo notó y le sonrió desde el otro lado del salón. Tea se sentaba hasta delante y agradeció mucho el poder voltear hacia el frente en cuanto entró la maestra porque sentía que su cara era un gran jitomate.

El día de las presentaciones, todos en la escuela estaban muy emocionados. Reinaba un gran sentimiento de anticipación. Todo Tercero A llevaba puestas camisas y pantalones de color arena. Habían decidido que la primera mujer en salir y empezar la porra sería Marianita, porque era muy simpática y a todo el mundo le caía muy bien. Tenía una de esas caras pecosas y sonrientes con cachetes de manzana, un tono dulce y a la vez chistoso. Después de Mariana, fueron entrando uno a uno, uniéndose al coro y formando la pirámide. Y aunque hubo un momento en el que se tambalearon un poco, no se cayeron. Pit, el más chiquito de todos, logró escalar hasta la cima. Nadia y Nydia hicieron una maroma impresionante en el aire y luego cayeron al unísono, perfectamente, de pie, enfrente de la pirámide. Recibieron una ovación de los demás salones y muchos chiflidos. Los profesores que conformaban el jurado también aplaudieron y a la directora, alguien dijo después, se le había salido una lagrimita.

La porra fue tan exitosa y era tan pegajosa que algunos de los otros salones la empezaron a cantar en el recreo.

Cuando anunciaron en la asamblea del día siguiente que ellos eran los ganadores, se escuchó por toda la escuela un gran estruendo proveniente de Tercero A. Irían a Tulum en vez de asistir a la ceremonia de graduación. Se perderían también de la última semana de clases. Estaban felices. Habría trabajo que hacer, no sería pura diversión en el mar, pero la frase "tarea en Tulum" sonaba a una gran contradicción de términos.

En el avión, Tea iba leyendo mientras que todos se reían y echaban relajo. A veces ella levantaba la mirada y se reía por dentro de alguna cosa chistosa que decía Pit o que inventaba Marco. Cuando las niñas hablaban de ropa, se le antojó unirse a ellas pero presentía que sería rechazada y no se atrevió.

En Tulum, al llegar al hotel, les dieron un *tour* de dónde se llevaría a cabo el congreso y las sesiones de cada día, les asignaron su sala de juntas para hablar cada noche de lo que harían en las reuniones durante el día y les enseñaron sus habitaciones. La maestra Lili había hecho una rifa para decidir quién dormiría con quién. A Tea le tocó compartir con Marianita y cuando lo supo, elevó los ojos al cielo y dio gracias de que no fuera Dalila o alguna de sus amigas "frivolitas", como les decía ella. Marianita por lo menos era callada pero sonriente y muy ordenada.

Después del éxito de la porra, todos nominaron a Carlos como presidente del salón en Tulum. En los debates y en la asamblea general, él hablaría a nombre de todos. Tea sintió un poco de tristeza cuando nadie la tomó en cuenta como parte del equipo que había escrito la porra, porque aunque Carlos desde el principio había insistido en el hecho de que los dos la habían escrito juntos, nadie había hecho mucho caso. Pensaban que Carlos lo decía sólo por ser amable. ¿Cómo iba a ser Tea tan ocurrente?

Ella siempre se había dicho que la envidiaban, pero tal vez, pensó Tea, no era envidia lo que las niñas del salón sentían hacia ella, sino enojo después de tantos años de recibir regaños y de verla comportarse como si fuera superior a todos. Era una pesada. Hasta ella misma empezaba a cansarse y caerse mal. Nunca había hecho ningún esfuerzo por decir cosas amables, como lo hacía Marianita de manera natural; ni por hacer bromas con las otras niñas, como Janis; ni siquiera por echar relajo con todos cuando eso era lo que requería la situación, como Dalila y sus amigas. De pronto, en las noches en Tulum, se sintió de nuevo muy sola. Y avergonzada. Quería regresar en el tiempo y cambiar las cosas. Pero ya era demasiado tarde. Nunca podría ser amiga de la gente de su salón. Nunca podría ser novia de Carlos, porque los demás, todos sus amigos, que lo querían tanto, no la aceptarían. ¡Qué tonta había sido! ¡Qué vanidosa! Y qué lindos eran todos, que no la habían enfrentado con eso nunca, como ella lo había hecho tantas veces con los demás.

En las sesiones del congreso de estudiantes, en vez de hablar como siempre lo hacía en clase, corrigiendo lo que alguien decía o agregando que eso no era totalmente correcto, Tea permanecía callada. Sólo a veces le enviaba notitas a Carlos con comentarios o ideas sobre el tema que se estaba debatiendo. El tercer día, durante una sesión sobre nutrición, mientras Carlos hablaba de la importancia de dejar de vender comida chatarra en las tiendidas de las escuelas, Tea le pasó un papelito con una nota que ella había escrito diciendo que ésa era una medida para evitar que los niños comieran chatarra durante las horas de escuela, pero que tendrían que darles pláticas sobre cómo comer rico y sano para que no fueran corriendo a comprar esas cosas, como un premio, después de clases. Carlos leyó la nota. Se detuvo y dijo al micrófono: "Cedo la palabra a Teodora Angelopolus". Tea, a quien antes de ese viaje le encantaba la atención y hubiera aprovechado cualquier oportunidad para decirles a todos su opinión y cómo las cosas podrían ser mejor, se sintió incómoda, no tuvo de otra más que dar su comentario de la manera más humilde posible y de inmediato pasarle nuevamente el micrófono a Carlos. Su amigo la volteó a ver asombrado. Ella se inclinó y le dijo al oído: El comentario era para ti nada más. Carlos sonrió.

Una vez en la cena se sentaron lado a lado y él le contó sobre cómo ya no podía más con las quejas de su compañero de cuarto: las ruinas en Tulum son puras piedras, hace mucho calor, las sesiones de la asamblea son demasiado largas y se vuelven aburridas, el mar está siempre demasiado agitado y la arena demasiado caliente, la comida no está tan rica como la de mi casa, la alberca esta muy chiquita, etc., etc. De todo se quejaba el buen Rigoberto. A Tea se le ocurrió una idea para ayudar a Carlos. Él se rio al escucharla, le pareció una idea genial. De inmediato Tea puso manos a la obra. Pidió una taza de café en la cafetería y, usando papel higiénico, mancharon una hoja de papel para hacerla parecer antigua. Tea siempre usaba pluma fuente para escribir y ella sabía escribir con caligrafía. Subió a su cuarto y bajó el kit entero. Después de algunas correcciones, por debajo de la puerta del cuarto de Carlos y Rigoberto deslizaron una carta que decía así:

Al habitante del 2650 que siempre usa la playera amarilla y azul:

Sí, tú, el que se queja todo el tiempo.

Somos los espíritus de tus ancestros mayas. Queremos que sepas que llevamos escuchándote días y días hablar mal de nuestro hogar y de nuestras "piedras", o sea de las pirámides que tanto esfuerzo y tiempo nos costó construir, y que son nuestra herencia para ti y para el mundo.

Esperamos que ahora sí, durante el resto de tu visita a nuestra tierra amada, lo disfrutes más, que valores el lugar en el que estás parado y que por fin te dejes de quejar.

Atte.,
Los espíritus de Tulum.

Después volvieron al restaurante donde habían escrito la carta y se deshicieron de toda la evidencia. Salieron de allí muertos de la risa. Al día siguiente Rigoberto, más pálido que una sábana, entró al salón de la asamblea con una playera nueva. Tea vio cómo él miraba a su alrededor buscando "algo" y se veía francamente asustado. El resto del viaje no se volvió a quejar de nada. A veces Tea lo veía sentado solo con una gran sonrisa en la cara pero con ojos aterrados.

Desde la noche de la carta, Carlos y Tea se miraban con complicidad. Sólo al pisar tierra firme, Carlos le confesaría la verdad a su amigo para que no viviera traumado para siempre.

En la fiesta final, todos echaban relajo pero Tea no tenía ganas de festejar. Sabía que aunque se graduarían de la secundaria, todos seguirían teniendo la misma mala impresión de ella. En esa fiesta, Carlos la señaló con la mirada y sus amigos la miraron asombrados de algo que él les decía, pero luego asintieron. Sin embargo Carlos nunca se le acercó en toda la noche. Parecía evitarla.

La última mañana en Tulum, mientras todos se despedían de sus nuevos amigos, Tea estaba sentada, con la cara blanca de tanto bloqueador, bajo la sombra de un gran banano, con su vestido rosa favorito leyendo un libro sobre monjes en el medievo. Ya tenía bien asumido que pasaría de la secundaria a la preparatoria sola y sin amigos, y decidió empezar desde ese momento su total aislamiento. De pronto Marco y Pit se le acercaron por detrás. Pit la tomó de los brazos y Marco por los pies. Mientras el resto del salón miraba la escena riéndose y aplaudiendo, los niños aventaron a Tea a la alberca. Cuando Tea sacó la cabeza del agua y antes de empezar a llorar, descubrió a Carlos mirándola feliz, sonriente, adentro de la alberca también con toda la ropa puesta, igual que ella. Él se le acercó y le empezó a aventar agua riéndose. Ella entendió que él se había metido a la alberca para que ella no se sintiera mal. Se había metido también con toda su ropa para acompañarla. Después de ver cómo se aventaba Carlos, muchos otros se metieron también.

Pero para Tea ya no existía nada más ni nadie más en el mundo. Inició entonces una gran guerra de agua entre los dos hasta que agotados y muertos de la risa se salieron y se sentaron juntos al lado de la alberca. Tea ni siquiera se molestó en arreglarse el pelo o el vestido. Se sentía muy bien así y le encantaba ver a Carlos todo mojado, todo despeinado e imperfecto, mirarla de vuelta y tomar su mano empapada. Él estaba contento de que así ella no se daría cuenta de cómo le sudaba la mano al tenerla cerca.

Al rato, cuando Carlos se despidió de ella para irse a bañar, alguien la vio, con el pelo revuelto y la ropa aún empapada, dirigirse hacia la playa y dar un par de vueltas de carro en la arena, antes de meterse al mar, todavía con su vestido rosa, para nadar y dejarse tumbar por las olas, riendo como una niña.

En los ojos de Tomás

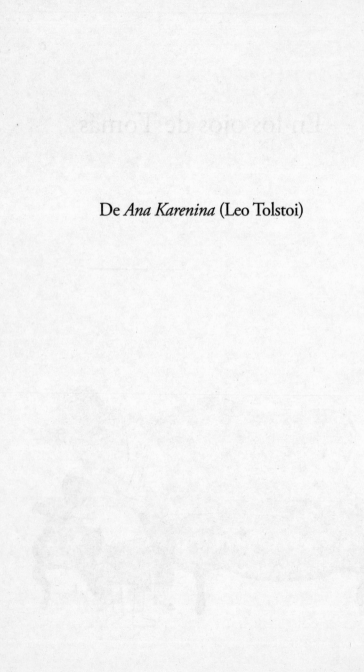

De *Ana Karenina* (Leo Tolstoi)

Todas las familias felices se parecen entre sí; las infelices son desgraciadas cada una a su manera. Así empieza el libro que está leyendo mi mamá. El otro día, cuando lo dejó en la mesa de entrada, me dio curiosidad y lo abrí. Yo no estoy de acuerdo, aunque eso lo haya escrito el señor Tolstoi, quien, según mi mamá, es un genio. No estoy de acuerdo porque la felicidad de mi familia no se parece a la de ninguna otra que yo conozca.

En mi casa somos seis. Yo soy el segundo hijo y tengo un hermano mayor a quien quiero mucho. Su nombre es Tomás. Como me lleva dos años de ventaja queriendo a mis papás, él es —sin duda alguna— el consentido. Pero además de ser el consentido, Tomás es el que más se ríe, el que da los mejores abrazos y sobre todo el más chistoso y bromista de la casa.

Acaba de cumplir los 15 y no le gusta usar pantalones, así que sólo se los pone cuando es absolutamente necesario, o sea para ir a la escuela. Cuando era niño se los quitaba sin importarle dónde estuviera. Nuestros papás se apenaban, pero él no entendía por qué. Con la cara colorada, y mientras lo ayudaba a ponérselos de nuevo, mamá le pedía que por favor no lo volviera a hacer, como si fuera una cuestión de vida o muerte, pero eso lo único que logró fue que Tomás lo hiciera más y más seguido. Le parecía muy chistoso. El resto del tiempo, en la casa, para salir a comer a un restaurante, ir a una fiesta o al cine, Tomás usa shorts. Mi mamá no les dice shorts sino "bermudas", como el Triángulo de las Bermudas que es un espacio marcado en el mar Caribe donde dicen que desparecen barcos y aviones.

En nuestro edificio viven mis tres mejores amigos: Pablo, Santi y Rodrigo. Somos un clan poderoso, un equipo genial, grandes amigos y aliados, mejores aún que esos tres mosqueteros y Dartañán. Siempre estamos juntos y nos inventamos juegos muy divertidos y emocionantes. Pero cuando invito a Tomás a que juegue con nosotros, siempre dice que no. Me cuesta trabajo a veces y siento mucha frustración, pero en el fondo entiendo por qué no quiere. Cuando andamos en bici, somos unos salvajes, jugamos un poco brusco a las luchitas, y a él no le gusta el ruido de las pistolas de nuestros juegos de video. Los ruidos fuertes lo ponen nervioso y le choca pensar en la muerte. Aunque sea en un videojuego y aunque los que se mueran sean zombis o monstruos horribles, aun así se pone muy triste. Una vez, cuando descubrimos que había una rata en el jardín, mis amigos y yo hicimos nuestro propio veneno casero. Tomás se puso furioso conmigo y lloró sin parar al imaginarse a "la pobre ratita" sufriendo con horribles dolores de estómago. Mis amigos y yo nos sentimos tan culpables que terminamos tirando el veneno a la basura y lavando el jardín para que desapareciera hasta el último rastro.

A él le gustan las bromas, los trucos de magia y jugar a que va a la tienda. Él siempre es el que compra en la tienda y a los demás nos toca ser tenderos y ponerle el precio a todo lo que hay en la sala. Cuando mi hermana lo pone a jugar a la escuelita, por alguna razón que nadie entiende, él siempre pide ser el alumno. Yo siempre quiero ser el maestro porque es más divertido dibujar en el pizarrón, poner las tareas y regañar a los que "se portan mal".

A mí me quiere mucho Tomás, como quiere a mis papás y a mis hermanas, pero todos tenemos claro que su persona favorita en el mundo es la abuela Popi, con quien ve películas mexicanas de charros. Eso es lo que más le gusta a Tomás. Se ríe muchísimo y canta las canciones de los charros de las películas, que son muy viejitas y en blanco y negro. Hasta tiene pósters en su cuarto de un señor con bigote que se llama Pedro Infante, un charro cantador que además de andar a caballo a veces anda en moto. A veces no estoy tan seguro de que realmente le encanten las películas, sino que le gusta estar con la abuela porque ella es muy cariñosa y usa palabras como "mi niño hermoso", y con ella él puede seguir siendo un niño chiquito. Ella le da dulces y galletas y pasteles. En casa, mamá y papá son muy estrictos con la comida. A todos nos explicaron desde que éramos chicos por qué no era bueno que comiéramos porquerías, y sobre todo que comer esas cosas es aún peor para Tomás. Él tiene prohibida toda la comida chatarra. Aun más prohibido que quitarse el pantalón en público. Mi hermana a veces le da gomitas. La caché un día abriendo el zíper de su oso de peluche, donde esconde las cosas que más atesora. Ella sacó una bolsita llena de azúcar, mientras Tomás la miraba con una emoción incontenible, como si le fueran a dar un premio de un millón de pesos.

Tomás va a una escuela privada, no como mis hermanas y yo, que vamos a la escuela pública más cercana a la casa. Su escuela me parece que es un gran lugar. Allí les dejan hacer muchas manualidades y proyectos de arte, les dan clases de música y baile pero también de cosas prácticas. Tienen "departamentos" como nuestra casa donde les enseñan a bañarse, a vestirse solos y a veces hasta a cocinar. Él dice que son "mala onda" en la escuela porque no lo dejan hacer lo que él quiere, pero mamá y papá ya le han explicado muchas veces que es importante que él aprenda a hacer ciertas cosas solito, que tal vez en el futuro quiera trabajar en algo o ya no quiera que nadie lo bañe o lo vista. Él dice que eso no le importa. Yo creo que a él le gusta mucho el contacto con la gente y por eso quiere que lo ayuden a bañarse y a vestirse. Lo digo porque siempre quiere que lo abraces y que le hagas cariños o que le hagas cosquillas. Él siempre hace eso por los demás. Creo que es como cuando le regalas a alguien lo que a ti más te gustaría que te regalaran.

De la escuela también me contó que le da mucho sueño, sobre todo cuando le intentan enseñar matemáticas y lectura. Dice que los libros le parecen aburridos pero yo no le creo porque le encanta cuando mamá o papá, o a veces alguno de sus hermanos le leemos o le contamos cuentos, sobre todo cuando él ya está metido en la cama. Le gustan las historias con perros, porque tenemos prohibido tener perro y uno siempre ama lo que no puede tener. Si tuviéramos perro, seguro le gustarían las historias de chimpancés.

Ayer trajo comida de la escuela y eso fue lo que comimos todos. Todo lo que nos cocinó estaba rico. Hizo sopa de hongos y arroz con frijoles. Moros y cristianos, dice papá que se llama ese platillo.

La comida favorita de Tomás es el espagueti con albóndigas y salsa de tomate. No entiende cómo el huevo queda atrapado adentro de la albóndiga y se ríe mucho mientras parte la albóndiga y se la come. También ama la salsa catsup y se la pone a todo.

Tomás sabe muy bien qué le gusta, y no le da pena decírselo a todo el que quiera escucharlo. Le encanta ver el mapamundi, señalar un lugar y que le digas cómo se llama ese país, cuál es su capital y cómo se ve ese lugar, o sea si es playa, desierto, selva, montaña o si es una gran ciudad. También le gusta ver fotos de la nieve. Le da risa que todo sea blanco, hasta los árboles y las montañas. Un día, cuando señaló Canadá y le dije que había nieve allí, me pidió que le enseñara fotos. Me preguntó si allí todo "tenía crema encima", y le expliqué que no, que eso era la nieve. Se rio muchísimo de mí y me dijo que yo era muy tonto. A veces no sé cuándo me dice cosas de broma y cuándo realmente no sabe algo. Eso me parece divertido.

Si a Tomás le gustan mucho muchas cosas, también le chocan muchas otras. En esa lista, en primerísimo lugar está tener que ir al hospital para hacerse exámenes y análisis. Tiene que hacerse pruebas cada tres meses porque está enfermo del corazón desde que nació. A mí eso me molesta mucho, porque entiendo que alguien ya muy grande tenga el corazón cansado, pero no un bebé. Me dan ternura los bebés con sus pies chiquititos y sus bocas redondas. Hay fotos de Tomás de bebé y era muy chistoso. Yo también era chistoso de bebé.

Mi papá me explicó que la condición de Tomás se debe a que él tiene dos veces el cromosoma número 21. Esto lo descubrió el señor John L. Down y por eso se dice de una persona como mi hermano: "tiene el síndrome de Down". Mis papás lo supieron desde que mi mamá estaba embarazada.

A veces vienen a casa amigos nuevos y cuando conocen a Tomás, empiezan a actuar de manera muy extraña, supongo que es por cómo se ve, aunque cualquiera que juzgue a alguien por cómo se ve no sabe nada del mundo, porque a donde vayas verás gente que se ve distinta a ti. En África la gente tiene la piel oscura para soportar el sol; en Finlandia, donde casi no hay sol, tienen poca pigmentación y muchos tienen el pelo casi blanco, y en

México, casi todos tenemos la piel morena porque somos mezcla de indígenas y europeos, y a veces hasta de indígenas y africanos, pero también hay muchos güeros y hasta pelirrojos. El vernos distintos es lo divertido de las personas porque en todo lo demás somos iguales: nos da sed igual, y hambre, y sentimos tristeza cuando pasa algo malo y nos ponemos contentos cuando ganamos o cuando alguien nos dice algo padre o chistoso.

Cuando un nuevo amigo llega a la casa, y aunque en un principio no sepa bien cómo comportarse, si se interesa o hace un esfuerzo por conocer mejor a Tomás, me cae bien y lo vuelvo a invitar a jugar, pero si descubro en su cara esa mueca que me hace ver que es demasiado poco sofisticado en las cuestiones del mundo para ser mi amigo, no lo vuelvo a invitar.

Cuando Tomás va al hospital, todos nos apresuramos lo más posible para regresar rápido de la escuela y saber qué dijeron los doctores en la consulta.

Ayer Tomás fue al hospital pero cuando regresamos no había nadie en casa. En la noche mamá y papá volvieron, nos sentaron alrededor de la mesa y nos explicaron que Tomás no está muy bien y que se había tenido que quedar a dormir allí. Su corazón está muy débil. Le van a colocar un aparato que se llama *marcapasos* que va midiendo cómo trabaja el corazón y lo ayuda a bombear correctamente. Después de la operación no quieren que vaya a la escuela durante un mes o hasta que los doctores consideren que "sea prudente". Con eso Tomás va a estar mucho mejor.

En la noche me costó trabajo dormir. Extrañé los ronquidos de Tomás. Eso me pareció absurdo porque siempre que lo tengo al lado, termino aventándole una almohada y me quejo muchísimo. ¡Es un león!

Cuando por fin logré dormir, soñé que Tomás se convertía en unicornio y corría por un bosque entre los árboles. Corría muy rápido. Era ligero y muy ágil. Yo nunca he pensado en unicornios y cuando me desperté me pareció que mi sueño era muy extraño. Abrí los ojos y miré su cama perfectamente tendida, lo imaginé en el hospital sonriéndole a todo el mundo, y haciendo bromas, aunque estuviera muy asustado. De la tristeza casi no pude respirar. Entendí entonces lo que quería decir mi sueño.

En los libros y caricaturas que ve mi hermanita, si tienes muy buena suerte, conocerás a un unicornio. Ellos traen felicidad a quien los mire a los ojos porque en ellos ves las cosas más padres del mundo. Así cuando conoces a Tomás, aunque crees que tú y él son demasiado diferentes, después de un ratito descubres que lo que tienes en común con Tomás es lo mejor que hay en ti.

El tesoro de la tía Dot

De *Las torres de Trebisonda* (Rose Macaulay)

I

"Toma mi camello, querido", dijo la tía Dot, mientras se bajaba del animal. Tomé el camello y lo estacioné con los demás. La tía Dot no tenía mucha paciencia para los detalles y le disgustaba tener que realizar tareas tan básicas y aburridas como estacionar camellos después de usarlos, cerrar la puerta del barco para evitar que entraran los piratas, enviarle al señor Lincoln una pequeña nota agradeciendo la agradable velada en la Casa Blanca, cargar con el antiveneno para mordeduras de serpiente cuando nos internábamos en la jungla, y ese tipo de cosas.

Los pequeños detalles la tenían sin cuidado porque, como ella me repetía siempre: "Hay que ocuparse de las grandes ideas y que los demás se ocupen de ayudarte a realizarlas". Por "los demás", la tía Dot se refería a mí.

Lo que a la tía Dot le fascinaba era ver, conocer, espiar, indagar, entrevistar y después, una vez que su curiosidad hubiera quedado saciada —y ciertos puntos clave anotados en su cuaderno rojo— poderse marchar contenta de regreso a casa. A ella no le interesaba gran cosa pasearse, ni probar la gastronomía local, tomar un par de fotos para el álbum de recuerdos o platicar con la gente nada más porque sí. No, nada de eso le importaba. Casi siempre quería regresar lo antes posible a su casa para no perderse del noticiario, que, junto con su medicina para la gastritis y la merienda, conformaba el ritual de cada noche, previo a meterse a la cama a dormir.

Me sorprendía mucho que la tía Dot, siendo tan brillante, no se tomara ni un minuto para reflexionar sobre los eventos del día ni dejar todos los detalles del siguiente viaje resueltos. Era como si estuviera luchando contra el tiempo en vez de pensar que el tiempo hay que disfrutarlo y hacer que dure lo más posible. Aun a mis 13 años yo ya sabía muy bien que el tiempo es valioso y precioso. Mejor dicho: el tiempo en casa de la tía Dot era valioso y precioso.

Yo era un buen asistente de viaje porque entendía desde entonces que la vida estaba en los detalles, como nos había dicho el maestro de literatura. Durante los viajes con Dot aquel precepto se había vuelto muy evidente y sobre todo útil. No podíamos dejar ningún cabo suelto, y mucho menos dejar a los camellos sueltos. Sobre todo había que cuidar que a mis hermanos y a mí no nos fueran a atrapar los piratas, los vikingos, los turcos o los guerreros aztecas, incas, purunabis o huateques. Mis hermanos hablaban todo el tiempo de que debíamos cuidarnos también de los policías del tiempo, pero creo que eso se debía a que habían visto demasiadas caricaturas japonesas.

A mí me ocupaban las cuestiones más reales.

La tía Dot no se daba cuenta de la importancia de muchos de estos pequeños grandes asuntos, pero sí estaba conciente de uno, y por eso yo la quería y le perdonaba siempre sus descuidos. Ella se daba cuenta de que sin mí, las cosas no serían tan fáciles, sobre todo si viajaba con tres chavos. Por eso ella me decía todos los días: "Mateo, eres mi copiloto ideal".

Después de que me despedí del *sheik*, con el poco árabe que había logrado aprender en las horas que pasamos en 637 d.C., salimos del palacio para ir en busca de la casa por la cual habíamos llegado. En el camino, mientras andábamos apresuradamente, la tía Dot me dijo que necesitaba hablar conmigo seriamente cuando estuviéramos de vuelta en casa. Me pidió que se lo recordara.

Yo sabía de qué trataría aquella charla: nuestros papás llegarían de su viaje en tres días y a partir de ese momento se nos haría muy difícil poder ir a visitarla y pasar días enteros con ella. Sería también el fin de los viajes en el tiempo para todos. La tía Dot ya no podía viajar sola por su edad. Existía el peligro de que se quedara perdida en el tiempo. Después de que nuestros papás pasaran por nosotros, todo volvería de nuevo a la normalidad. Regresaríamos a la escuela, a los horarios fijos con clases de piano, karate, arte y natación. Nuestros papás nos mantenían ocupados con un sinfín de actividades todos los días.

Desde que llegamos a vivir a casa de la tía Dot y nos subimos por primera vez a la máquina, yo contaba los días y rezaba para que el tiempo pasara muy lentamente. Me imaginaba que si pudiera viajar en el tiempo, yo simplemente volvería a vivir las cosas una y otra vez desde el momento en que mis papás nos habían depositado en casa de la tía Dot. Pero así no funcionan los viajes al pasado. Una regla de oro en el viaje en el tiempo es que tú puedes viajar cuantas veces quieras a tu propio pasado pero no volverás a vivir tú las cosas, sino que te verás a ti mismo viviéndolas en ese momento. Así, para mí, no tenía mucho chiste ir hacia el pasado.

Lo que temía tanto era el fin de la diversión, de la emoción y del cariño de mi tía. No quería que las vacaciones terminaran jamás. Yo sé que la tía Dot sentía lo mismo. Mis hermanos habían disfrutado mucho algunos de los viajes, sobre todo los que habían tenido muchas aventuras chistosas o muy emocionantes, pero a mí me gustaban todos los viajes, aun aquellos que implicaban nada más ir a tomar café con algún famoso o no tan famoso de la historia para hacerle preguntas sobre lo que realmente sucedía o había sucedido.

Yo sentía algo parecido al dolor físico al pensar que ésta no sería mi vida por siempre jamás. Me encantaba aprender así, aprender sobre ciencia, sobre historia, sobre literatura, pero sobre todo me encantaba ser el asistente o copiloto de la tía Dot, que había sido a lo largo de su vida una historiadora, inventora y viajera en el tiempo extraordinaria.

Cuando llegamos, casi corriendo, a la casa por donde habíamos entrado, mis hermanos ya estaban allí parados muy cerca del portal. Estaban listos para regresar a casa, parecía que habían discutido entre ellos. Ellos habían elegido pasar el día jugando canicas y *backgammon* afuera del palacio con un grupo de beduinos muy simpáticos que no se cuestionaban mucho por qué llevábamos túnicas hechizas (sábanas de rayas o florecitas) en vez del *thawb* o túnica tradicional de algodón blanco que todos usaban. Mis hermanos además se habían puesto mantelitos blancos en la cabeza y se los habían amarrado con los listones de las cortinas. Ellos decían que así se veían menos extraños. Eso a cual a mí me provocó much risa. Mientras tanto yo acompañaba a la tía Dot a hacer sus averiguaciones sobre la verdad detrás del libro *Las mil y una noches*.

Ya parados en el portal —como siempre lo hacíamos—, contamos hasta tres, nos tomamos todos de las manos y cuando Dot apretó el botón, una corriente eléctrica recorrió mi cuerpo y perdí el conocimiento durante dos horas. Eso es lo que tardaba la máquina a ajustarnos a la dimensión y realidad correctas. Después de algunos segundos de confusión, ese momento en que uno se despierta y no sabe bien dónde está, regresamos a casa de la tía Dot, y más precisamente al baño de azulejos verdes desde donde iniciaban siempre los viajes.

II

Cuando mis papás se iban de vacaciones, nos dejaban a mis dos hermanos y a mí en casa de algún pariente o amigo suyo para que nos cuidara.

En esa ocasión nadie más había querido hacerse cargo de nosotros, así que papá tuvo que acudir a su prima Dot, a quien no quería demasiado, ya que de todos sus conocidos y familiares era la menos chic, o elegante, y les parecía un elemento raro, siempre vestida con sus trajes de safari y de montar a caballo y sus sombreros chistosos. A la tía Dot no le interesaban mucho ni la sociedad ni los chismes. Ella se ocupaba de lo suyo y de intentar ser una muy buena persona con todo el que tuviera enfrente, fuera como fuera, estuviera vestido como estuviera vestido, de cualquier nacionalidad y de cualquier era. Yo estaba seguro de que la tía Dot sería particularmente amable y buena con los extraterrestres. Segurísimo. Ella había estado casada, pero su esposo, el tío Polo, a quien no conocimos nunca, había muerto hacía muchos años y ellos no habían tenido hijos. Por la casa había fotos enmarcadas del tío Polo y la tía Dot viajando por el mundo y el tiempo, y aunque ahora entiendo lo que esos viajes eran en realidad, cuando vi las fotos por primera vez, me parecía que su *hobby* era asistir a extrañas fiestas temáticas de disfraces.

Mis papás se iban de vacaciones cuatro veces al año, un viaje por estación. Ellos argumentaban que se merecían vacaciones de nosotros porque éramos unos pesados y que de cualquier forma no tenían dinero suficiente para llevarnos a todos. Mamá decía que cuando nosotros fuéramos grandes lo entenderíamos y viajaríamos solos, a placer.

Bueno, por lo mismo debo agradecerles que en esa ocasión, viviendo en casa de Dot, tuvimos vacaciones de sobra. La única otra vez que la habíamos pasado medianamente bien había sido en casa del colega de papá de su oficina, el señor Fernández, quien primero dijo que sí nos cuidaría para quedar bien con papá, pero luego, al tenernos ya en su casa, decidió que su abuelita estaba gravemente enferma, se disculpó de nosotros y nos dejó dos semanas en su casa con dinero, comida, películas y videojuegos de sobra. No la pasamos mal, pero después del tercer día todos estábamos enfermos del estómago por comer tanta comida chatarra y ya no podíamos ver ni un chocolate ni una papa más. Además, yo estaba mareado después de haber jugado mil veces el mismo videojuego sin parar durante los tres días seguidos. Pero esa vacación en casa de la "prima no querida de papá", sería la *top*, la número uno de todas las vacaciones, por siempre jamás.

III

Al llegar de vuelta a la casa de Dot, todos estaban demasiado cansados para jugar a algo o hacer algo divertido, como ver las estrellas y los planetas desde el telescopio de Dot. Toño, mi hermano menor, bostezaba sin parar mientras que Pablito, ya completamente dormido, se tomaba su leche con chocolate con los ojos cerrados y hacía como que masticaba su cuernito con mermelada de fresa y crema de cacahuate. Desde el primer día, ese menú fue declarado como la merienda oficial de casa de nuestra tía. Después de lavarnos la cara y cepillarnos los dientes bajo el ojo vigilante de Dot, nos metimos cada uno a su cuarto y yo hasta me metí a la cama, pero resultó que no tenía nada de sueño. Además se me había olvidado recordarle a la tía Dot de nuestra plática pendiente, así que escribí un letrero enorme que decía: "No olvidar lo que debo recordar". Miraba el techo con ojos de búho, hasta que de repente se me ocurrió una idea y decidí llevarla a cabo. No tenía miedo. Era el momento perfecto. La oportunidad que no se presentaría nunca más.

Después de varios viajes, yo ya sabía perfectamente cómo funcionaba la máquina: cómo encenderla y cómo regresar al baño de los azulejos. Sabía también cómo marcar un portal y cómo no quedarme atrapado en el vórtice. Yo sabía todo porque la tía Dot le había dedicado un día entero a nuestro entrenamiento en el arte de viajar en el tiempo, antes de nuestro primer viaje, para que mis hermanos supieran cómo localizarnos si nos separábamos y para que yo supiera qué hacer en caso de alguna emergencia. Sobre todo sabía perfectamente a dónde quería viajar y cómo hacerlo.

Mi plan era viajar a un lugar al que ni Dot ni mis hermanos querrían ir jamás. Me quité la pijama y me puse mis *jeans*, mi camisa blanca y las botas vaqueras de mi tía, que calzaba igual que yo. De arma tomaría una toalla. Si alguna vez alguien te ha dado un latigazo con una toalla, sabrás lo efectivas que pueden ser.

Desde que era pequeño siempre amé todo lo que tuviera que ver con los dinosaurios, me sabía sus nombres de memoria, tanto de los saurisquios como los ornitisquios. Leí todos los libros imaginables sobre el tema y vi *Parque Jurásico 1* y *2*, por lo menos veinte veces cada una.

¿Y para qué me servía entonces el atuendo de vaquero? La respuesta es muy sencilla: mi héroe máximo de cualquier era es el doctor Indiana Jones: académico, corredor maratonista, conquistador de guapas mujeres, cómico, gran tipo y amigo de todos los niños. Yo estaba seguro de que al vestirme igual lograría sentirme un poco como él. Sería Mateo el Temerario en vez de "Mat", un poco tímido y concienzudo. La otra opción de disfraz era el vestirme como mi otro héroe: el doctor

Watson, asistente del brillante pero algo alocado Sherlock, pero no sabía muy bien cómo dibujarme patillas o atar una corbata.

Después de recuperar mi sombrero, caminé sigilosamente hacia el baño y me dirigí de inmediato hacia el botón de "inicio", teclée los números de los cuadrantes exactos, porque quería permanecer en América, y más precisamente en California. Jalé la palanca y apreté el botón rojo. Sentí cómo la corriente de electricidad recorría mi cuerpo, de los pies a la cabeza y de regreso a los pies. Sentí mucho calor justo en la coronilla, ese lugar en el que se me hace un remolino si no me cortan el pelo cada dos semanas, y de repente apareció frente a mí la cara de un hombre, alguien que me parecía muy familiar pero de quien no podría decir su nombre. La cara me miró, esbozó una sonrisa grande y de pronto desapareció justo cuando entré en el vórtice. Cuando pasó un rato y sonó el bip-bip-bip de la alarma que avisa cuando la máquina ha terminado de hacer su trabajo, me quedé allí parado, todavía un poco adormilado y pensando en mi sueño. Había estado soñando con una playa muy bonita. De niño sólo conocí la playa una vez, antes de que nacieran mis dos hermanos. Mis papás decían que cuando fuera grande iría muchas veces porque la playa más cercana estaba tan sólo a tres horas de la ciudad. Pero al abrir los ojos sentí una gran confusión porque en vez de estar en la selva, rodeado de tiranosaurios rex y velociraptores, me encontraba exactamente en el mismo lugar, o sea en la casa de la tía Dot. Pensé que tal vez me había equivocado o que me había quedado dormido y la máquina me había regresado automáticamente al no bajarme de ella, allá en la prehistoria. Los azulejos verde limón eran los mismos, pero la regadera era distinta y había una bata de hombre, azul marino, colgada en el lugar donde Dot colocaba siempre su bata de toalla blanca con puntos rositas.

IV

Me bajé de la máquina sin entender bien qué había sucedido ni a quién le pertenecía esa bata azul marino. Pensé en el tío Polo. Me emocionó el poder conocerlo. Sobre todo me sentía perplejo de por qué estaba allí de nuevo, en la casa de Dot, en vez de en el verdadero Parque Jurásico, si había hecho los cálculos en mi cabeza y todo me cuadraba más que bien. Pensé en la cara del hombre que había aparecido frente a mí. ¿Quién era ese señor? ¿Habría sido él el que saboteó mi viaje? ¿Por qué estaba ese hombre frente a mí y por qué me sonreía así de amistosamente? ¿Conocería él a la tía Dot? A pesar de su gran sonrisa y de su aspecto familiar, había algo allí que no me gustaba nada.

Caminé por la casa. Era de noche, así que me moví sigilosamente para no despertar a los habitantes. Bajé al primer piso y descubrí una casa fabulosa. Tal como me imaginaba mi casa cuando fuera grande. Tenía pocos muebles pero los que había eran grandes y confortables. Todo tenía un aspecto muy distinto a mi casa, bueno a la casa de mis papás. Ésta tenía colores vivos y nada iba con nada, o sea que todo parecía haber sido comprado por separado en distintos lugares del mundo o haber llegado allí accidentalmente. En las paredes vi un tapiz árabe, parecido al que tenía el *sheik* en su palacio, y una colección de máscaras africanas muy chistosas, un cuadro grande japonés del mar y otro de una montaña. En la otra pared había una espada de samurái. Al parecer, a la persona que vivía aquí le gustaba mucho Japón y las cosas japonesas, como a mí. Yo podría comer *sushi* todos los días.

Los aparatos que iba descubriendo en la casa, por ejemplo la televisión gigante, tan flaquita como una tortilla de harina (inflada), y la computadora de titanio en el escritorio blanco, el microondas que parecía de la guerra de las galaxias y hasta el cepillo de dientes que se paraba solito, todo era, para mi gusto, de muy alta tecnología. Fue así como llegué a la conclusión de que por alguna inexplicable razón había viajado al futuro.

De pronto, en primer piso escuché un ruido de la recámara principal, pero nadie pareció salir de allí ni moverse. Subí con mucho cuidado y me asomé por la puerta entreabierta. Alguien roncaba suavemente. Lo que había hecho el ruido era el control remoto de la televisión, que se había caído al piso. Cuando entré a la habitación de huéspedes, vi dos pares de pies descalzos, chiquititos, salidos de una cama —con dosel y patas de madera labradas— igualita a la cama en la que dormían Toño y Pablito en el tiempo en que ésa era casa de la tía Dot.

Al ver a los dos niños dormidos tan plácidamente, me empezó a dar mucho sueño. No pude más y me acosté abajo de la cama. Algunas horas después me desperté con el ruido de dos niños emocionados gritando:

—¿Tío Mateo, tío Mateo, a dónde vamos a viajar hoy?

Sentí un escalofrío recorrer mi espalda y después una emoción enorme. Yo era ese hombre que me miraba y sonreía. ¿Cómo sería mi vida? ¿Me gustaría lo que vería de mí? Sentí mucha emoción y un poco de angustia. Me asomé desde mi guarida debajo de la cama y logré ver a dos niños en pijama —uno igualito a Pablo y otro a Toño— brincando frente a un hombre alto. Aunque sólo lograba descifrar la mitad de su cuerpo, vi que se trataba de un hombre medio gordito con un sombrero de Indiana Jones y estaba comiendo algo. Reconocí el olor. Era crema de cacahuate. Se me hizo agua la boca pero al darme cuenta de dónde estaba y lo que vería enseguida, se me fue el aliento momentáneamente. Me dolió el estómago de la emoción. Me dio risa cómo la vida me había puesto en la misma situación que a la tía Dot porque ese hombre que estaba mirando cuidaba a sus sobrinos seguramente mientras sus hermanos viajaban con sus esposas, y yo los llevaba a viajar por el tiempo a un lugar distinto cada día. No necesitaba ser Watson para entender lo que pasaba allí.

—Sus papás regresan en dos días, así que tenemos que aprovechar este tiempo al máximo. Tenemos dos opciones. A mí las dos me gustan mucho, así que ustedes decidirán: podemos ir al parque de diversiones o podemos ir a la playa. Yo digo que podemos ir a la playa que está a tres horas de aquí y pasar el fin de semana allí nadando y jugando en la arena, o podemos ir al parque de diversiones a pasar el día y mañana hacer algún otro plan. ¿Qué dicen?

Algo en esta escena no cuadraba.

Si yo era grande (y panzón) y podía llevar a mis sobrinos, hijos de mis dos hermanos, que sabían perfectamente de la máquina del tiempo ya que ellos mismos habían viajado en ella muchas veces, ¿por qué en vez de viajar a algún momento súper emocionante de la historia, los llevaría a un aburrido parque de diversiones o una playa cualquiera, que estaba además a diez minutos de allí?

Mientras mi otro yo les preparaba el desayuno a mis sobrinos, yo fui al baño. Busqué la marca de mi portal y el botón, escondido adentro del botiquín de medicinas, y allí seguía. Volteé y vi la máquina, se veía casi igual que en mis tiempos, la encendí y todo se iluminó. Pedí las coordenadas en el orden correcto y me fijé que hasta el tanque de ozono estaba casi lleno. La máquina para ese entonces debía tener por lo menos veinte años más y seguía en perfecto estado. La tía Dot, aunque a veces parecía vivir en las nubes, había construido una máquina perfecta.

De pronto, con el olor a pan tostado y el recuerdo de la crema de cacahuate, me empezó a dar muchísima hambre. Puse la oreja contra la puerta para ver si podía escuchar algo, quería bajar a escondidas a comer algo.

V

Escuché a mi otro yo acercarse al baño.

Su voz clara, de adulto, me sorprendió. No se parecía en nada a la mía. Sentí mariposas en el estómago, me pareció genial cómo alguien puede cambiar tanto que hasta su voz se modifique completamente al pasar los años. Leí hace poco en una revista de ciencias para niños que nuestro cuerpo cambia de células cada siete años. Como las serpientes que dejan atrás su piel.

La voz se dirigía a alguien. Pronto entendí que era a mí.

—Sé que estás allí. Yo fui el que te traje. Tenía que desviarte del Parque Jurásico. Tengo que enseñarte algo.

No tuve miedo porque por lógica ese yo grande querría tratarme a mí muy bien. Salí de mi escondite y lo miré. Su cara estaba muy pecosa y muy cachetona. Tomé nota en mi mente de no dejar nunca que me creciera la panza así y por ende no comer demasiada crema de cacahuate.

Mateo el grande se rio con una gran carcajada cuando me vio a la luz del día por primera vez.

—A ver, date la vuelta —me dijo.

Obedecí. Se rio aún más fuerte.

—¡Ja! No me acordaba que así me veía de niño. Estás bastante guapetón —me dijo con los ojos sonrientes y continuó—. Mira, te traje porque quería evitarte mucho dolor en tu vida futura. Hoy era el día clave para traerte porque, como sabes, sólo puedes regresar en el tiempo al mismo día del año en el que te encuentras y necesitaba hablar contigo antes de que fueras a visitar a los dinosaurios por primera vez y traerte aquí a ti solito. En dos días tendrás que ir de regreso con papá y mamá. Mañana será la última vez que veras a Dot. La máquina era divertida pero se la llevó, y tú, o sea yo, estuvimos muy cerca de desaparecer también.

Mi otro yo levantó entonces la mano izquierda y me dijo:

—Mira lo que nos pasó en la tercera visita al Parque Jurásico Original.

Pero yo no vi nada anormal en su mano, ninguna herida, ningún moretón ni cicatriz, nada.

Él siguió hablando:

—Es un brazo biónico. Le tengo que poner una pila que se recarga durante la noche.

—¿Fue el tiranosaurio? —le pregunté.

Asintió y siguió hablando:

—Por eso anoche, después de que mis sobrinos, nuestros sobrinos, se fueron a la cama, decidí viajar una vez más con la máquina hacia tu tiempo, y te vi metiéndote a tu máquina. Interrumpí tu viaje para traerte aquí. No sé qué sucederá porque nunca he intentado cambiar algo del pasado, pero tal vez funcione y eso cambie en tu futuro, y ya no viajarás al Parque Jurásico ni perderás tu brazo. Si quieres, para evitarte el viaje, te enseño mejor el video que hice en la segunda visita, que fue después de que me gradué de la universidad y me pude venir a vivir aquí, a la casa que nos heredó la tía Dot.

La idea de que ya no existiera la tía Dot en ese tiempo me puso tristísimo.

—¡Pues gracias por traerme para prevenirme!

—De nada. Te prometo que esos dinosaurios están más padres en los libros que en la vida real. Oye, ¿y no tienes hambre?

Le dije que sí con la mirada.

—¿Pero no se preocupará por mí la tía Dot?

—Ella sabe que estás aquí. Yo le avisé en una carta que dejé en su buró.

—¿Y no puedes impedir que la tía Dot se muera?

—No sé cuándo murió y tampoco quería asustarla. De todos modos creo que si se fue de este mundo en uno de sus viajes, sería para ella el final más feliz. Tal vez simplemente se quedó a vivir sus últimos días en algún lugar que le encantó. Tal vez se convirtió en la mejor amiga de Abraham Lincoln.

—Tal vez —le respondí con la voz tristísima.

VI

En la noche regresé al pasado y fui corriendo directamente al cuarto de la tía Dot. Me vio y me sonrió, y yo la abracé. Me senté junto a ella en su cama. Me sentí muy grande de pronto. Le recordé que teníamos una charla pendiente aunque vi un sobre abierto y supuse que era la carta que le había dejado mi yo adulto y que si era así ella seguramente querría hablar conmigo sobre lo que había vivido. Le conté un poco y me sonrió. Luego me tomó la mano y me empezó a hablar. Me habló de su vida, me habló de sus viajes, me habló del gran amor que vivió con el tío Polo y me dijo que había tenido una vida muy feliz. Me explicó que aunque la máquina del tiempo la había inventado cuando el tío Polo estaba vivo y que la habían gozado mucho juntos visitando sus momentos favoritos de la historia del mundo, en realidad ella empezó a viajar casi a diario cuando él había muerto, para aliviar un poco su soledad y el vacío que sentía en su casa. Me dijo que era importante que yo viviera mi vida, que me casara, que tuviera hijos propios y que vivir en el presente era aún más divertido que viajar en el tiempo. Que esos viajes se los dejara a una viejecita loca por el pasado, por la historia, como ella. Me habló de las pruebas de la vida, por las que todo el mundo tiene que pasar, y que yo desde muy niño había tenido que enfrentarlas y que lo había hecho con mucho valor.

Yo escuché y escuché pero cuando la tía Dot terminó de hablar, le dije:

—Pero ahora, tía Dot, tienes a tres sobrinos que te amamos y que necesitamos que estés mucho con nosotros. Tú nos das muchas cosas que nos hacen falta.

La tía Dot me miró y vi cómo se le salían unas lágrimas largas. Me dio un par de palmaditas en las manos y me dijo que había algo muy importante que me quería enseñar.

Me llevó a un lugar de la casa que yo no conocía. Era el sótano, y mientras caminábamos me dijo que aquéllas eran "sus posesiones más valiosas".

Pensé que la tía Dot tendría un armario secreto en el sótano, lleno de objetos que brillaban o algún invento que yo desconocía. Me emocioné muchísimo. Pero el lugar al que me condujo me sorprendió más: era una biblioteca llena de sus libros de cuentos favoritos, novelas y libros de historia.

Luego me dijo que subiéramos de nuevo, y mientras subíamos las escaleras, yo quería preguntarle sobre lo que me había dicho mi yo del futuro, de lo que quería hacer con el resto de su vida, de a dónde iría, porque tal vez cuando yo fuera grande la podría ir a buscar o a visitar. Quería preguntarle si ella había viajado a su pasado para volver a ver al tío Polo, pero no me atreví. Sólo me acerqué y la abracé de nuevo sólo que esta vez la abracé aún más fuerte. Como si el abrazo estuviera lleno de mis palabras, y tan fuerte como a mí me hubiera gustado que me abrazara mi mamá.

Cuando papá y mamá pasaron por nosotros, la tía Dot me hizo cariños en el pelo, mientras los tres la abrazábamos y nos hacíamos promesas de vernos muy pronto. Ella les dijo a mis papás que habían sido las mejores dos semanas desde que el tío Polo se había ido. Papá y mamá la miraron sorprendidos de que alguien pensara en nosotros como algo más que un estorbo para la diversión.

VII

Esas vacaciones cambiaron mi vida y la de mis hermanos. La tía Dot se convirtió en nuestra abuela, nuestra amiga y consejera. Ella nos prometió ya no viajar solita nunca más en la máquina del tiempo y nosotros dijimos que sólo viajaríamos juntos los tres, y a lugares donde el peligro fuera mínimo o ninguno. La pasábamos a visitar a menudo y nos preparaba sándwiches de crema de cacahuate y algunas sopitas de verdura también, por eso de las grandes panzas futuras. Fue nuestra mejor consejera en asuntos de la vida, la historia y las chicas. Siempre tuvo una respuesta y cuando no la tenía, nos invitaba a buscarla… en los libros de la biblioteca secreta del sótano. La tía Dot vivió hasta los 100 años y cuando murió, como un regalo de despedida, mis hermanos y yo rompimos las reglas y nos subimos una vez más a la fabulosa máquina de su invención.

Recién llegadas

De *The Broom of the System*
(David Foster Wallace)

Al igual que Mindy Metalman, la mayoría de las chicas realmente bonitas tienen los pies bastante feos. Eso me decía Victoria, mi mejor amiga, mientras analizábamos la perfección encarnada de Mindy M., la supermodelo del momento, en alguna revista como el *Vogue* o el *Cosmopolitan*. Algunos meses después, Victoria se mudaría con toda su familia a Australia y nos dejaríamos de ver, pero en el verano de mis trece, ella era mi mejor amiga de la escuela y vino con mi familia a pasar las vacaciones en una casa de campo que había rentado mi papá en Ixtapan de la Sal.

Ése fue el verano en el que casi todas las niñas "se desarrollaron", como decía mi madre. Pero a Victoria y a mí aunque nos intrigaban los tampax, los brasiers, los besos y los noviazgos de las demás, nos parecía un crimen tener que crecer. Queríamos que nuestros cuerpos lisos, esbeltos, que podían correr a la par de los niños de nuestro salón, que se deslizaban por la resbaladilla sin nin-

gún tipo de obstáculo, nunca cambiaran. Sobre
todo queríamos seguir siendo vistas por los hombres como niñas y no como posibles novias, cosa
que nos aterraba. Ser niñas era mucho más divertido, emocionante y libre.

Mirábamos con fascinación cómo algunas
niñas que conocíamos en el club y que tenían apenas un par de meses más que nosotras ya tenían
novios y hablaban de besos detrás de las canchas
de tenis o en las caballerizas. Pero nuestra respuesta al enterarnos de semejantes horrores siempre
era la misma: ¡guaaaaácatelas!, ¡qué aaaaaasco!, ¡te
lo imagiiiiinas!, ¡quiero vomitaaaaar!

En los balcones de los cuartos de hotel veía-
mos colgados los trajes de baño de los hombres y
de los niños, y pensábamos que algún día tendría-
mos que lavarlos junto con la ropa interior de
nuestros esposos: ¡guaaaaaácatelas!, ¡qué aaaaaasco!, ¡te lo imagiiiiiiinas!, ¡quiero vomitaaaaaar!
Seguido por risas incontrolables.

Ese verano, Victoria y yo jugamos a Peter
Pan, y aunque en el silencio de la noche yo soñaba con ser Wendy, raptada por Peter Pan, de día
nosotras preferíamos llenarnos de lodo, correr,
hacer travesuras en los pasillos del hotel e inventar
programas chistosos de televisión, mientras que
"las otras chicas" tomaban el sol en bikini al lado

del hotel y hablaban de cosas que nosotros no entendíamos.

Pasaron así los días, cálidos, entre el sol, el agua verde de las aguas termales, risas y aventuras de niñas.

En la última fiesta de despedida del verano no sé bien por qué lo decidimos pero ambas fuimos con vestido en vez del tradicional short. Seguramente nos inventamos que eran nuestros disfraces para despistar al enemigo en algún juego de espías. Pero allí, Juan Belmont, el más guapo de la colonia que rodeaba al gran hotel, se le acercó a Victoria. Y bailaron juntos toda la noche. Yo la miraba y la veía más feliz que nunca antes. Cuando la invitó a la terraza, la besó y al día siguiente ella me contó todo pero yo no entendí nada de lo que me estaba contando, porque en mi mente sólo cabía una idea y ésa era que al regresar a México mi mamá me llevara a comprar mi primer brasier para que Patricio, el mejor amigo de mi hermano, que también nos había acompañado en las vacaciones, me mirara con ojos nuevos.

Ése fue el verano en que Victoria y yo nos despedimos para llegar cada quien a otro lugar.

No más habichuelas

De *El camino del cuervo* (Iain M. Banks)

Ése fue el día en que explotó la abuela. Un día soleado como todos aquellos en los que mamá le decía: "Ande, doña Teresa, salgamos a pasear un rato, le va a hacer mucho bien caminar y tomar el sol". Pero a la abuela *Pereza*, como le decía mi hermanita Sara, que es sumamente ocurrente, nunca le apetecía salir a ningún lado.

Lo más chistoso es que la abuela se la vivía en ropa deportiva, muy particularmente en unos pants aterciopelados de color rosa pálido.

La abuela Pereza sólo salía una vez al mes a que le arreglaran el pelo, y aprovechaba que ya estaba de pie para ir también con el dentista. Ella decía siempre que una dentadura sana era todo lo que uno necesitaba para vivir cien años sin achaques.

Por eso nos tomó por sorpresa cuando recibimos una llamada del dentista, absolutamente desesperado. Balbuceaba y tartamudeaba. Decía que no se había imaginado jamás que la abuela reaccionara así al helio. Yo no entendía cómo no sabía que la abuela llevaba muchos años sin moverse de su sillón morado, viendo el canal de infomerciales, comiendo habichuelas, ordenando cosas por teléfono y que el helio la inflaría al grado de hacerla primero subir al cielo como un gran globo y luego, pum, explotar.

En su tumba, mi hermanita Sara, que además de chistosa es un amor, dejó unas lindas flores y un letrero que decía: "Descanse en pants, abuela Pereza". Y soltó un par de lagrimitas por la abuela, que apenas le dirigió la palabra alguna vez para pedirle que le acercara el plato de habichuelas a su sillón morado.

El contrato

De *El mar cambia* (Ernest Hemingway*)*

—Está bien —dijo el hombre—. ¿Qué decidiste?

—No —respondió la muchacha. Y entonces aparecieron los créditos finales.

—¡Nooooooooo! ¡Pero por qué me contaste el final! —chilló Pato.

Así era al principio, a Darío le encantaba contar las películas que veía, de pe a pa y sin importarle si ya tenías planes de ir a verla esa misma tarde o ese fin de semana al cine del pueblo.

Al principio era considerado como una molestia, un mero arruinador o estropeador de películas que había que evitar, y los que lo escuchaban por primera vez en general lloraban cuando contaba el final; ya no tenía sentido ir al cine porque sólo se pasaba una película a la vez.

Pero después de tanto practicar, Darío empezó a perfeccionar su arte.

Empezó experimentando con su familia. Era bueno, las hermanas lloraban y el papá se carcajeaba a la hora de la cena. Después se siguió con los pocos amigos que le quedaban.

Muchas veces contaba las películas en lugares públicos y era tan buen narrador que la gente empezaba a ponerle atención y dejaban a un lado sus conversaciones. Hacía muy bien los acentos, sobre todo los alemanes y los rusos, aunque sus imitaciones de mujeres francesas también le salían bastante bien.

Cuando se empezó a hacer de un público en el café de la plaza, pedía "una cooperación" para su siguiente entrada al cine. Le estaba saliendo un poco cara la afición porque cambiaban la película cada tres semanas, cuando todo el pueblo ya la había visto. A veces lo veían tomando notas mientras veía la película para que no se le escapara ningún detalle.

En la escuela los niños dejaron de ir al cine del todo, ya no tenía sentido alguno. Se corrió el rumor de que Darío a veces agregaba escenas extras que la hacían aun mejor que la original. A la hora del recreo, Darío colocaba su cachucha de beis en el centro del patio, antes destinado a las niñas con sus resortes, para que cupiera su cada vez más numeroso público y él tuviera suficiente espacio para moverse si fuera necesario, hacer los malabares en caso de narrar las películas de acción o pedir la participación de alguna chica para interpretar con él las escenas románticas. Como no alcanzaba una sola sesión, a veces se tardaba dos o tres sesiones para contar una sola película. Los niños empezaron a llevar palomitas junto con su *lunch*.

Al principio las niñas más fanáticas del juego del resorte se quejaban de que les quitaba su espacio, pero pronto cayeron también en la trampa narrativa de Darío.

Los fines de semana Darío quería descansar, pero en las noches sus padres invitaban a algunos amigos a la casa e inevitablemente le pedían que bajara a dar sus recomendaciones de cine. Sólo que cuando empezaba a hablar sobre una película, se emocionaba tanto, ya fuera para elogiarla o para burlarse de lo mala que era, que terminaba contándoles las películas enteras.

Siempre, después de escuchar a Darío, la gente se quedaba con la sensación de haber visto algo realmente especial, y además gratis.

El dueño del cine del pueblo empezó a sospechar que algo muy extraño estaba sucediendo y al hacer una pesquisa, supo que se trataba de Darío González, a quien él apodaría "El Verdadero Terminator".

El dueño del cine entendió que tenía que tomar cartas en el asunto y después de la función

de las 4, en un miércoles lluvioso, enfrentó a
Darío a la salida, allí sostuvieron una pequeña
conversación:

—¡Con que eres tú "Terminator González",
el que me ha provocado casi la bancarrota? ¿Sabías
tú que la gente de este pueblo cuando quiere ir al
cine se va a ver las películas que pasan en el pueblo
de al lado porque esas películas no se las puedes
contar tú?

Darío se sintió apenado, ésa no había sido su
intención. Simplemente le gustaba contar historias. Así se lo dijo al dueño del cine.

—Tenemos que llegar a un acuerdo tú y yo
porque las cosas no pueden seguir así, ¿me entiendes, chico?

—Lo entiendo, señor.

Algunos días después, Darío se presentó en la
oficina del dueño del cine con un documento que
él había escrito con su mejor letra, con palabras
que había escuchado en algunas de esas películas
de abogados. Después de leerlo un par de veces, y
sobre todo leer con lupa la letra chiquita de hasta
abajo, el dueño del cine firmó encantado. Era el
mejor negocio de su vida.

El contrato decía que Darío podría ir al cine
siempre que quisiera, de manera gratuita y que
podría comer todos los dulces que quisiera. En

sus días libres, el señor llevaría a Darío al pueblo adjunto a ver las películas que pasaban en el cine de allí, y también le pagaría la entrada.

A Darío se le otorgarían horarios permanentes en el cine para contar las películas del cine del pueblo de al lado. La gente podría pagar un boleto para "función doble": película más "Show de Darío".

Mientras caía la tarde, Darío caminaba de regreso a casa muy satisfecho consigo. A sus 12 años había logrado su primer gran negocio.

"Ésa sí que es una historia de película", se decía mientras caminaba y comía una bolsa extragrande de palomitas.

Los chicos sensibles

De *La silla de plata* (C. S. Lewis)

Era un aburrido día de otoño y Jill Pole lloraba detrás del gimnasio. A su edad Jill ya no lloraba como antes. En general la vida la trataba muy bien y sólo tenía dos motivos para llorar: cuando su equipo de futbol perdía un partido o cuando sus hermanos la molestaban sin cesar.

Ese día no hubo partido y no vio a ninguno de sus hermanos.

Había pasado ya el Halloween y faltaban todavía dos largos meses más para que llegara la Navidad. Todos en la escuela arrastraban los pies de una clase a otra. El verde de los árboles había cedido al café y se habían tenido que guardar las sandalias, los shorts y las playeras para sacar los suéteres y las pesadas chamarras. Para todos era el peor momento del año, el aburrido mes de noviembre, pero para Jill Pole la vida nunca había sido tan emocionante.

Jill lloraba y sabía que no habría manera de detener las lágrimas. Lloraría hasta la eternidad.

Por primera vez en su vida se sentía desolada, entendía todas las canciones tristes que jamás hubiera escuchado y todos los poemas de abandono que había leído en la clase de Inglés. Y sí, la poesía tenía mucho que ver con su llanto.

Jill había asistido al recital de poesía que se llevaba a cabo cada año en su escuela. Asistían muchos otros colegios y después había una fiesta llamada El Baile de los Poetas. Era una tradición en la escuela y aunque muchos alumnos no asistían porque no entendían de qué se trataba, entre la gente del "equipo" de su escuela y de las demás escuelas se llenaba el gimnasio y se convertía en una fiesta grandiosa.

Era la primera vez que Jill asistía al recital y al baile. No porque no le gustara la poesía, sino porque todavía no había conocido a un poeta.

La había invitado Gerard, el chico que había conocido unas semanas antes en la cafetería de la escuela y a quien Jill desde ese día amaba. Su escuela era grande y en general los chicos de la prepa no interactuaban gran cosa con los de la secundaria, pero ese día, por suerte o por desgracia, como no había otro lugar, Jill y su amiga Sandra se habían tenido que sentar al lado de un grupo de chicos de prepa. Los chicos se reían a carcajadas de algo gracioso que decía Mark, el payaso de la escuela, Gerard se reía también, pero en cuanto Sandra y Jill se sentaron a su lado, él la miró por primera vez y no le quitó la mirada de encima. Su amigo Ben, el más amistoso de toda su pandilla, los detuvo en medio de la broma y les dio la bienvenida a las chicas. Él reconoció a Jill porque la había visto jugar futbol el fin de semana anterior.

—Oye, ¿no eres tú la goleadora estrella del equipo Varsity de futbol?

—Juego futbol pero no sé si sea la estrella de nada.

Gerard la miró más intensamente. Ella le sonrió. Él le aventó una galleta salada y ella se la contestó con un pedazo de pan. Y así empezó todo.

Un día se toparon en las escaleras y Gerard la invitó al ensayo de su banda. Jill quedó encantada con la música de su nuevo amigo y le dio su correo electrónico para que le pudiera mandar una canción que le gustó en particular y que él había grabado en una sesión.

En cuanto la recibió, Jill escuchó la canción sin parar. Se la aprendió de memoria y su familia le rogaba que dejara por favor de escucharla o que usara sus audífonos. De pronto le sucedió como cuando nunca has escuchado nada sobre algo y de repente ese algo empieza a aparecer por todas par-

tes. Todo le recordaba a Gerard, todas las canciones tenían algo que ver con lo que ella sentía, no se
podía concentrar en las clases y si perdía o ganaba
su equipo, empezó a parecerle menos importante.
Sonreía todo el tiempo y sus hermanos ya no
podían molestarla porque se reía en vez de enojar-
se. Así ya no tenía ningún chiste.

Se empezaron a sentar juntos a la hora de la
comida. Se escribían mensajes varias veces al día.
Sus amigas le preguntaban si eran novios. Ella
pensaba que nadie entendía lo que era el amor. Lo
que ellos estaban experimentando era más pro-
fundo que "un noviazgo". Pero también a veces
dudaba si no era ella la que más sentía las cosas.
Finalmente Gerard nunca la había invitado a salir
y nunca la había besado.

Se decían bromas por mensaje todo el día y
en las noches se mandaban canciones favoritas.
Hablaban mucho de lo que habían comido y lo
que les habría gustado comer. Lo llamaban Comida real vs. Comida ideal. La comida de la cafetería era bastante asquerosa y se prestaba para las
fantasías culinarias.

Cada cosa que él decía a ella le parecía genial.

A veces en clase soñaba con escenas románticas como en las películas que les gustaban a ella y
a sus amigas, montajes de ellos dos haciendo dife-

rentes actividades como jugando boliche, pescando, jugando futbol en el parque. Se imaginaba cómo sería besarlo.

Un día mientras comían juntos en la cafetería, Jill sintió que muy pronto la invitaría a salir. Y tuvo razón. Antes de despedirse, él la invitó al gran recital de poesía. Era la noche más importante del año para el club de poesía. De repente se puso serio y le dijo:

—Va a estar allí mi ex novia, Chandra. Ella me rompió el corazón.

Jill no le quiso preguntar más. Le pareció muy romántico acompañarlo en un momento en el que él se sentiría vulnerable. Le gustó también que por fin él hablara de su corazón.

En la tarde, sus amigas la llevaron a la heladería y allí le confesaron que estaban preocupadas por ella. Sandra fue la que más habló. "Si no te ha invitado a salir, si no te ha intentado besar, creo que no está en el mismo plan que tú. No te entusiasmes de más". Jill estuvo a punto de llorar pero decidió mejor sentir compasión por sus amigas. Ellas nunca habían tenido una relación así. No sabían cómo se manejaban los chicos más grandes, con más experiencia y además chicos como G., sensibles y creativos. Pronto ellas verían que sólo era una cuestión de tiempo para que pasaran del romancear a ser una pareja oficial.

Unos días después sería la noche de la gran feria prenavideña de la escuela. Jill normalmente iba a todas las ferias con sus amigas, pero desde la conversación en la heladería, o mejor dicho desde la intervención, las evitó, sobre todo a Camila, para no tener que decirle una mentira. Era una tradición que las parejas de la escuela fueran juntas a las ferias y se pasearan de la mano y se casaran en el *stand* del juez de lo civil, un niño casi, de su salón. Desde que llegó a la feria, Jill se paró al lado del *stand*, pero nunca vio pasar a Gerard. Luego ella deambuló sola por todos lados. No quería mandarle un mensaje por el teléfono, quería que el destino, por una vez en su vida, la ayudara un poco. Jill recorrió todo el campus de la escuela, caminó por los jardines y los patios, llegó hasta la entrada al kínder y después caminó de regreso. Y entonces lo vio sentado en las escaleras. Solo. Ella se acercó y él se levantó, caminó hacia ella y la abrazó. Ella lo miraba y se iba acercando para darle un beso cuando sonó un claxon. Jill reconoció el claxon de inmediato. Era el coche de su mamá. Un coche desastroso. Se despidió con un beso en el cachete.

—Mañana —le dijo—. No olvides que mañana es el recital.

A Jill le brincaba el corazón a mil por hora y las palabras de su mamá se confundían con el *bum bum bum* que escuchaba en su pecho. Su mamá la miró y supo que algo le había pasado. Su hija estaba cambiando pero como estaba más contenta que nunca y se llevaba bien con todos en casa, no quiso preguntarle de más.

De regreso a casa ella se tiró en la cama y miró el techo. Sonrió. Se acordó de la primera vez que había visto a Gerard, en la obra de teatro de la escuela *Sueño de una noche de verano*, de William Shakespeare, en la que él había sido el narrador, una especie de duende llamado Puck. Jill lo recordaba perfectamente, y aunque en esa ocasión no le había gustado mucho su apariencia, se acordaba de lo bien que Gerard había actuado y cómo el público lo había ovacionado. Era ágil mentalmente, gracioso, talentoso, guapo y en muchos aspectos lo opuesto a ella: vivía en la música, la poesía y el teatro, mientras que ella era ordenada, deportista y poco dotada para las artes.

El día del recital, Jill fue sola a su tienda favorita, tenía ahorrado un poco de dinero y decidió gastarlo en una blusa nueva para ponérsela con sus jeans y sus botas de siempre. Llegó en punto a la heladería y allí estaba Gerard con un grupo grande de personas, algunos de la escuela y otros que

no conocía. Gerard la presentó como su amiga
Jill. Todos fueron muy amables. Muy pronto todos se levantaron de la mesa para ir a la escuela a
prepararse para el recital. Jill y Gerard platicaban
y ella se comía las papas a la francesa de Gerard.
Él sólo aguantaba comer un par mientras que ella
podía comerse un plato entero. De pronto una de
las chicas del grupo se paró a su lado y se presentó, "Hola, Jill, yo soy Chandra". Era muy bonita,
con una aspecto muy dulce y ojos inteligentes. Jill
se sintió intimidada. Chandra lo notó. Mientras
caminaban hacia la escuela, Jill notó que Gerard
volteaba a ver a Chandra constantemente, se reían,
intercambiaban miradas y chistes privados. Jill
empezó a sentirse muy incómoda. Esa conexión
que sintió al llegar y mientras platicaban y comían
papas a la francesa de pronto ya no existía. Jill era
invisible.

Al llegar al recital, Jill tomó su lugar. No quería estar demasiado al frente. Miró a un lado y se
dio cuenta de que Chandra se había sentado del
lado opuesto de la misma banca. Chandra la volteó a ver y le ofreció una sonrisa amplia, después
miró a Gerard que estaba acercándose al micrófono en el podio y volteó de nuevo a ver a Jill. Ella
sintió un escalofrío recorrerle la espalda. Jill era muy
competitiva en la cancha pero en la vida real no

había sentido jamás la necesidad de competir por nada ni por nadie. Chandra, sin embargo, la estaba poniendo bajo aviso. Jill lo supo de inmediato, la ex novia había venido al recital con una intención en mente: reconquistar a Gerard.

Empezó el recital y Jill admiró cómo Gerard era tan simpático y amable, y la vez chistoso en el escenario. Presentaba a cada escuela y a los tres poetas elegidos para cada una con algún detalle chistoso. Era alguien realmente especial. Se sintió orgullosa de ser su invitada, pero de pronto, cuando anunció a Chandra, todo cambió.

Chandra leyó un poema titulado "Me decía nena por las tardes". Y enseguida un poema sentido, que Jill no entendía del todo pero de lo poco que entendió vio que iba dirigido a Gerard. Un poema de amor. Gerard tomó el micrófono mientras ella caminaba hacia su lugar, los ojos brillosos y se notó cómo él necesitó contener algo que buscaba escapar de su cuerpo, una lágrima, un alarido. Jill de pronto sintió que su cuerpo iba a desfallecer. Estaba viendo desarrollarse frente a ella una obra de teatro demasiado madura para su edad. Era una historia que ella no quería presenciar. Se le llenaron los ojos de lágrimas y después de escuchar el poema de Gerard, uno en el que hablaba del dolor de la separación, de las huellas dejadas por una pequeña mano, Jill salió del gimnasio sin mirar a nadie, corrió hacia el pequeño jardín y lloró. Sabía qué era lo que seguía en la historia y lo único que pensó fue en huir. No quería volver a ver a Gerard jamás. Se dio cuenta de que había dejado su pequeña bolsa en el gimnasio, tenía que entrar para conseguir su teléfono y llamarle a su mamá para que por favor pasara por ella. Cuando entró al gimnasio, vio a Gerard y a todo el grupo de poetas, listos para festejar. Subió las escaleras para recoger su bolsa. Gerard nunca volteó a verla.

Jill esperó a su mamá y cuando se subió al coche volvió a llorar. Su mamá le hizo cariños en el pelo y le limpió las lágrimas. Llegaron a la casa, hicieron chocolate caliente y se subieron al cuarto de Jill. Platicaron un rato. La mamá no dijo mucho. No había mucho que decir.

El lunes siguiente Jill volvió a juntarse con sus amigas. Les dijo que habían tenido la razón sobre la historia con Gerard. No preguntaron mucho más pero le dieron la bienvenida con gran cariño. En los días que siguieron nunca se topó con Gerard en la cafetería y él no le volvió a enviar ni un solo mensaje de texto. Era como si se lo hubiera tragado la tierra.

Dos semanas después Gerard le envió un correo. Le contaba que había pasado dos semanas muy confundido y que por eso no había querido buscarla. Le confesó que en el recital, como ella seguramente habría notado, sintió mucho amor por parte de Chandra. Esa noche ella le pidió perdón y le dijo que intentaran de nuevo ser novios, y él se había sentido muy feliz al principio porque era lo que siempre había querido, pero después sintió que algo no iba bien. La empezó a comparar con Jill, con su franqueza, y sintió que le costaba trabajo confiar en ella. Y había tenido razón. Al final de las dos semanas ella le había dicho que no debió haber dejado al novio con el que estaba cuando fue al recital. Una vez más le había destrozado el corazón. Jill no pudo contenerse, le escribió una contestación muy enojada: "Es extraño cómo alguien que sabe lo que es que te rompan el corazón pueda rompérselo de la misma cruel manera a alguien más". Gerard no supo qué contestar y de pronto entendió que Jill realmente se había enamorado de él. Para él era una chica muy linda con quien pasar el tiempo y que le recordaba mucho a su hermana. El día de la feria, cuando ella casi lo había besado, él decidió que tendría que hablar con ella pronto, explicarle las cosas, pero surgió lo del recital y se le pasó.

Algunas semanas después coincidieron en la cafetería y él se sentó a su lado. Jill lo miró y le sonrió a medias. Después volteó la mirada hacia el jardín. Estaba lloviendo con fuerza y las gotas de agua rebotaban del plástico del trampolín negro. Jill se imaginó que los dos saltaban sobre el trampolín, bajo la lluvia, tomados de la mano, acompañándose en sus dolores de corazón. Gerard miraba también el jardín, en silencio, al lado de su gran amiga, esperaba que pronto llegara el fin del invierno.

El librero de Cordelia

De *David Copperfield* (Charles Dickens)

Para averiguar si seré yo el héroe de mi propia vida o si otro ocupará ese lugar, habrás de leer hasta el final.

—Oye, eso suena un poco pedante —le dijo Harry—. ¿Cómo le dices eso a la gente que apenas abrió tu libro? Les vas a caer muy mal ya de entrada. Yo opino que es importante caerles bien a los lectores, sobre todo al principio. Luego ya te perdonan muchas cosas.

—¡Claro que no es pedante! —le contestó David Copperfield—, lo estás interpretando mal. Mi autor les está diciendo que ellos deberán formarse sus propias opiniones. Mientras tanto, tu creadora es la más engañosa. Desde el principio apareces como "el elegido" que debe vencer al más malo de todos los malos de la historia. Pues así que fácil. Si tú eres todo bueno bueno y el otro es más malo que el diablo, pues claro que de todos te van a amar. No tienen otra opción. Y si además desde bebé ya te dicen héroe aunque no has hecho nada, pues ya tienes la batalla ganada. Así cualquiera, hombre.

Harry se asoma al diccionario que tienen al lado y busca la definición de *héroe*.

Lo lee en voz alta: *héroe* o *heroína*.

1. Persona admirada por sus hazañas y virtudes.
2. Persona que lleva a cabo una acción heroica.
3. Personaje principal de un texto literario o una trama cinematográfica.

Harry suspira.

—David, según la definición número tres, tanto tú como yo somos héroes simplemente porque somos los principales de nuestras historias, vivimos adentro de un libro.

David no le hace caso y refunfuña. Sigue en su soliloquio: —Además, Harry, si no tuvieras una varita mágica o a tus dos amigos, además de la ayuda que recibes del viejito de barbas blancas, de tu padrino y de los papás de los pelirrojos, no serías tan heroico. Mientras que yo tuve que vivir una gran tragedia tras otra y he sobrevivido solo a todo.

—Bueno, tranquilo, hombre, no te exaltes tanto, le contestó finalmente Harry Potter mientras le daba unas palmaditas a su amigo David Copperfield.

Esta conversación la sostuvieron los personajes principales de los únicos dos libros de ficción que Cordelia había leído jamás.

Estaban lado a lado en su librero, muy solitos los pobres, y los libros, de tanta soledad y aburrimiento, habían empezado a convivir. Finalmente, todo sucedía en Inglaterra más o menos dentro de los mismos seis siglos, que es lo que cuenta, y se entendían bien porque hablaban con el mismo acento británico.

Un día la amable convivencia entre los personajes de los dos libros fue interrumpida cuando el papá de Cordelia por equivocación puso un libro de economía entre los dos libros de Cordelia, y Harry no había podido regresar antes de que cayera la noche, a su escuela, llamada Hogwarts. Sus amigos lo extrañaron y Hermione declaró que seguramente se estaría metiendo en algún lío tremendo del cual ella y Ron tendrían que rescatarlo.

—Ay, este Harry, francamente... Digo, lo menos que pudo haber hecho era avisarnos que se quedaba con su nuevo amigo un rato. A veces se comporta como un niño pequeño.

Así se quejaba Hermione en el dormitorio de Gryffindor, con cualquiera que se le pusiera enfrente.

David le prestó una pijama a su amigo pero cuando estaban a punto de dormir, Harry empezó a preocuparse por sus amigos en Hogwarts y a extrañar a Ginny terriblemente. Se lamentó mucho de no haberles avisado a todos que iría a visitar a David y luego con esto del libro de economía se le iba a dificultar mucho el regreso, durante algunas semanas, hasta que al papá de Cordelia le hiciera falta su libro de economía. Ansiaba regresar al mundo de los brujos y *muggles*. Le intrigaba un poco qué querría decir "economía". En Hogwarts a los alumnos nunca les daban clases de ese tipo de cosas, la economía de los brujos dependía de otros factores muy distintos, y aunque Harry supuestamente era "bilingüe", al ser mitad brujo y mitad muggle, esa materia era una misterio para él.

David había tenido un día particularmente difícil y lo exasperaron las quejas constantes de Harry.

Así empezó todo.

La guerra entre David Copperfield y Harry Potter para decidir quién era, en definitiva, el héroe mayor, duró un mes y fue una cruenta guerra de palabras, porque ninguno de los dos podía pelear muy bien y en realidad ambos eran pacifistas de corazón. Ambos eran bastante debiluchos, aunque sin duda David podía correr mucho más rápido que Harry, quien siempre había dependido de su escoba cuando debía huir rápidamente del peligro. En el mundo de los magos había demasiadas amenazas terribles, lo cual hacía que todos se mantuvieran en forma, por lo menos con suficiente agilidad para mover sus varitas y esquivar hechizos, pero Harry nunca había sido muy buen corredor. No le ayudaba mucho tampoco que de unos meses a la fecha le había salido una pequeña pancita, ya que Ginny había aprendido a hacer panquecitos al estilo *muggle* y a Harry le encantaban. A diferencia de él, David podía correr rapidísimo porque, cuando le daba hambre, robaba fruta de las tiendas y los tenderos inevitablemente lo perseguían por la ciudad.

Durante el conflicto provocado por el libro de economía, durante un par de semanas, apareció al lado de *David Copperfield* otro libro, colocado allí por la hermana de Cordelia. Era el último de la saga de *Crepúsculo*, en el que los vampiros ya ni dan miedo y los hombres lobo son más bien demasiado nobles. Bella y Edward eran padres de familia y estaban un poco aburridos de tanta cordialidad, así que la lucha por saber quién era más heroico les interesó a los protagonistas, Edward y Bella, de sobremanera.

Como honrosos nuevos padres de familia, sabían que no podrían ir al cine durante un par de años, así que se pusieron a leer para mantener-se despiertos de noche y ocupados de día. Un bebé vampiro sigue siendo un bebé que duerme muy poquito y al que hay que alimentar cada par de horas, intentaban explicarles a sus vecinos, cansados ya del lloriqueo constante del bebé chupasangre. Pero pronto, la hermana de Cordelia, al darse cuenta de que se había equivocado de librero, lo recuperó sin que todos se pudieran despedir.

Cordelia era muy floja para leer, así que se esperaba siempre a que saliera la película. Cuando todos empezaron a hablar de *Narnia*, ya estaban las películas, y ahora que todos hablan de los *Juegos del hambre*, pues la película ya estaba en cartelera.

En ese sentido, las únicas series que Cordelia consumía enteras eran las de televisión.

Su papá le había regalado *David Copperfield*, su libro favorito, y le había dicho:

—Si crees que ese Harry Potter es un héroe, espérate a conocer a David Copperfield.

—¿El mago que hizo desaparecer la Estatua de la Libertad? —le preguntó emocionada Cordelia.

—No, este David no es mago, es simplemente un chaval bastante genial —respondió el papá, a quien a veces le gustaba hablar en rima.

Un día, muchos años después, Harry y David se sorprendieron enormemente cuando Cordelia colocó a un lado de ellos una historia nueva, y se asomaron a ver las primeras páginas con gran interés. Era un libro escrito por Cordelia en el que los personajes principales mantenían viva, durante años, una competencia para saber quién era el héroe del pueblo. Era una novela divertida, llena de hazañas, aventuras en bosques oscuros y pueblos invadidos por seres maléficos, escrita con mucho humor.

Harry y David no lo podían creer. Se dieron cuenta de que Cordelia, muy calladita, realmente les había puesto mucha atención a los dos. Y se sintieron como los héroes del siglo.

Coleccionistas

De *El perfume* (Patrick Süskind)

En el siglo XVIII vivió en Francia uno de los hombres más geniales y abominables de una época en que no escaseaban los hombres abominables y geniales. Su nombre era Karachunken, pirata, espadachín extraordinario, buscador de tesoros e inventor de los Karachuns. Sí, esos dulces aciditos que destruyen dientes y crean adicción, producidos en la fábrica del empresario multimillonario del azúcar: el señor Willy Wonka. Karachunken era también un gran galán, y todas las mujeres se enamoraban perdidamente de él. Karachunken era amigo de Emil Moldó, un gran escalador de montañas francés que subió el Everest tres veces, sin ayuda alguna y sin el equipo que utilizan los escaladores hoy. ¡Una gran hazaña! Karachunken también era el enemigo acérrimo del almirante Prokofiev, primo del famoso músico y comandante de uno de los submarinos más grandes de la imponente fuerza naval rusa.

¿Y cómo conozco yo la historia de estos señores que vivieron hace tanto tiempo? Porque los
colecciono.

Pero no creas que pertenecen a esas coleccio-
nes fáciles, como en las que sólo vas a la tiendita
por un sobre de estampas y lo único que tienes
que hacer es pegarlas en el lugar correcto dentro
de un álbum que alguien más preparó. No. Esta
colección requiere de un gran esfuerzo de tu parte
para lograr conseguir cada pieza. Además, son
objetos que puedes guardar para siempre y que
difícilmente serán destruidos.

Mi colección está compuesta por figurines
de plomo pintados a mano y de un realismo tal que
jurarías que pueden hablar y que por las noches se
bajan de tu buró o de tu escritorio para ir en busca
de más aventuras. Todos los figurines son únicos
y fueron hechos por el señor Azul. No sé si ése sea
su nombre real pero así lo conocen todos los co-
leccionistas. Cada figurín viene con un pergamino
miniatura que sólo puede ser leído con un microscopio. Yo tenía un microscopio, porque vino adentro de mi "Set de Química" de la marca Lilíndelín.
El pergamino cuenta la historia del personaje y a
veces, incluso, de cómo se relaciona con otros
figurines, si fueron amigos o enemigos. Así supe
desde el principio cómo se llamaba mi primer
figurín y también quién firmaba los pergaminos.

Al parecer, tras la muerte del señor Azul los figurines se desperdigaron por todo el mundo. La mayoría de ellos está en manos de vendedores de antigüedades, porque la familia de Azul los vendió a quien los quisiera. Si Azul fuera mi padre o mi abuelo, yo los hubiera guardado como el más grande tesoro de Karachunken.

La colección empezó con el Temible Vikingo Agnar. Lo descubrí una tarde en la que caminaba por el mercado de la Roma de regreso de la escuela. Nos miramos él y yo, lo coloqué en la palma de mi mano izquierda y me maravillé. Cada detalle de su cara, pelo y ropa era perfecto: la cota de malla de metal, sus pantalones que parecían estar hechos de lana y una capa, también como de lana, sujeta a su costado. Cargaba además con una espada, sostenida por gruesas correas de cuero. Un casco de metal clásico de vikingos, con todo y cuernos de diente de elefante, protegía su cabeza. Le pregunté al señor del puesto por el precio y me dijo que él sólo estaba vigilando el puesto. Le creí. Le dije que no tenía mucho tiempo porque me estaban esperando en mi casa para comer. El señor me dijo que entonces le diera 400 pesos y que seguramente con eso bastaba. Lo miré azorado. Al final logré bajarlo a 300, que era parte del dinero de la colegiatura que se me había olvidado pagar.

Lo utilicé porque tenía la misma cantidad ahorrada en la casa y podía reponerla.

Ya en casa, le enseñé el figurín a mi tío Ed y me dijo que si queríamos saber más sobre el lugar del que venía, nos debíamos meter a un sitio dedicado a las antigüedades. Con el celular de mi tío le tomamos una foto a Agnar y lo subimos al sitio pidiendo información. Al rato recibí un correo electrónico de un señor llamado Oster, quien me explicó todo lo que ahora sé sobre Azul. Me dio algunas pistas para dar con otros figurines y los empecé a coleccionar. Después de darme cuenta de que los vendedores de antigüedades me estaban tomando el pelo, le pregunté a mi tío, que sabe mucho sobre negocios, que me enseñara a regatear. Me enseñó algunos trucos que me ayudaron muchísimo, porque esto de ser coleccionista no es nada barato.

Mi tío Ed, el gemelo de mi papá, actuó como mi papá desde que su hermano se fue hace tres años. Mi tío a veces le decía a la gente que yo era su hijo y a veces yo hacía lo mismo. Finalmente era casi la misma persona, salvo por una que otra diferencia genética, pero por lo menos se veía igualito a mi papá. Sobre todo cuando era buena onda y lo sentía muy cerca de mí, quería que fuera cierto y que él fuera mi papá en vez de tío. Cuando me regañaba, le decía Tío o Ed, que es la versión corta de Eduardo.

La primera lección del arte de la negociación que me dio el tío Ed consistía en fingir desinterés. Para mí era lo más difícil porque ver otro figurín nuevo, imaginarme su historia descrita en el pergamino y aprender sobre su origen me parecía emocionantísimo. Pero mi tío tenía razón: si actuaba de manera más casual, como si el figurín me resultara simpático nada más, solían bajar el precio o por lo menos no elevarlo tanto como había hecho el primer vendedor. Si se notaba en mi ojo ese brillito de emoción, estaba perdido.

La segunda lección era que yo debía hablar primero sobre el precio. Hacer una oferta. Decir algo ridículo, un número bajísimo, como "Le ofrezco 20 pesos". Luego, si sentía que estaban a punto de correrme de la tienda o del puesto, debía decir casualmente "Déjeme ver cuánto traigo" y luego sacar de mi bolsillo algunos billetes arrugados más y un par de monedas que yo debía tener contadísimas desde antes, para no ponerme nervioso. La cantidad siempre era la misma y la establecimos mi tío y yo en la segunda clase: 98 pesos con 63 centavos.

Para mi tío, la familia siempre fue muy importante, aunque a veces me decía que yo había tenido mucha suerte de ser hijo único y no un gemelo, porque ser gemelo es una injusticia de la naturaleza. Primero la naturaleza te hace tener una persona tan parecida a ti y tan querida por ti que te sientes siempre acompañado, pero la injusticia se encuentra en el hecho de que inevitablemente, en algún momento en la vida, esa persona se va a ir lejos.

La tercera lección consistió en un experimento, o como mi tío lo llamó: *trabajo de campo*.

Fuimos juntos a un mercado nuevo al norte de la ciudad. El señor Oster, el de la página web, me había hablado de aquel sitio, pero como necesitaba que alguien me llevara en coche, me tuve que esperar a que el tío estuviera disponible. Mi tío dijo que sería el lugar perfecto. Nadie me conocía en ese lugar.

Allí vi a Karachunken por primera vez. Estaba parado al lado de un indio cherokee, un *sheriff* y varias vacas de plomo. El indio me dio risa porque los detalles de su vestimenta estaban todos mal pensados. Cuando era pequeño, mi libro favorito se llamaba: *Somos los indios de América* y estaba lleno de imágenes de cada grupo o tribu desde Canadá hasta Argentina, con su vestimenta tradicional. Yo me los había aprendido de memoria. Y éste, éste definitivamente no era un indio cherokee. Por eso supe de inmediato que Azul no lo había creado, a él no se le iba ni un solo detalle.

Al otro lado de la tienda, como si mirara directamente hacia Karachunken, había un figurín femenino. Esta mujer no provenía de algún momento de la historia universal, como la mayoría, sino que era un personaje fantástico: tenía grandes alas, como las de un pájaro, e iba vestida con una túnica blanca y un cintillo plateado en su pelo largo y negro, trenzado en partes. Si no fuera por esos detalles, yo hubiera jurado al verla que era una pieza más de Azul, por el realismo y perfección de su pelo, su piel, la caída de su túnica. Era una obra de arte. La admiré un buen rato y luego la dejé en su lugar. Cuando llegué a casa, puse a Karachunken a un lado de Agnar, y sin saber bien por qué, cambié a Prokofiev de lugar y lo puse sobre el otro extremo del escritorio. Cuando leí el pergamino de Karachunken con mi microscopio, supe por qué inconscientemente había sentido que ponerlos cerca era una movida peligrosa. Esos dos eran grandes enemigos.

A la mañana siguiente, casi a primera hora, me despertó mi mamá diciendo que tenía una llamada de un señor muy enojado y que me hablaba de una tienda de antigüedades. Cuando contesté el teléfono, el señor gritaba, me acusaba de haberme robado a la mujer alada: su figurín favorito entre todos. Le aseguré que eso era imposible, yo iba con mi tío y al llegar a casa había sacado a Karachunken de su caja, lo había colocado en el escritorio, había sacado el pergamino de la bolsita de ante y me lo había llevado al microscopio a leer. No llevaba chamarra y sólo tenía la caja, que no tenía mayor contenido que Karachunken. Además, a la mujer de alas la había admirado y luego la había dejado en su lugar. Finalmente, para comprobar mi inocencia le dije que yo sólo coleccionaba figurines del señor Azul. El señor de la tienda de pronto se relajó, tal vez mi tono lo convenció de que yo decía la verdad, no lo sé. Le dije que yo no me robaría nada de su tienda, porque yo no robaba y porque la mayor diversión para mí era la búsqueda, el negociar y finalmente el comprar el figurín.

Pero al llegar al cuarto de tele, donde estaba el escritorio en el que colocaba mi colección, vi que a un lado de Karachunken, muy cerca de él, estaba la mujer de la cual me hablaba el dueño de la tienda. De inmediato corrí al teléfono y le hablé a mi tío. Le pedí que por favor me confesara su compra secreta de la mujer alada. Me dijo que él no había comprado nada en la tienda, él siempre iba sólo de acompañante curioso. Me dijo que iría de inmediato a mi casa. Pero al llegar, por más que le dábamos vueltas, no entendíamos cómo la mujer-pájaro había llegado allí.

Pasaron los días y cada vez que la veía, sentía escalofríos recorrer mi espalda. Aunque me encantaban los misterios, ése era un tipo de misterio que no me gustaba nada. Era algo que no entendía y que quería descifrar lo antes posible. Me metí a mi computadora, le escribí al señor Oster un correo electrónico y le conté lo sucedido. No sé por qué yo supe que él me iba a ayudar y que me iba a entender sin juzgarme ni pensar que estaba loco. Tuve razón. Oster me respondió de inmediato pidiendo ver una foto de la mujer alada. Me contó que existía una leyenda sobre una figura femenina entre todas las de los héroes dizque históricos de Azul. La leyenda decía que tenía alas y que había sido modelada basándose en la imagen de la mujer que Azul amaba.

Le hablé de nuevo a mi tío y me dijo que llegaría más tarde con su celular para tomarle una foto y enviársela a Oster. Al ver la imagen, el señor Oster dijo que estaba seguro de que era ella. La legendaria mujer-pájaro de Azul.

Tenía miedo de hablarle al dueño de la tienda para decirle que había aparecido el figurín de la mujer en mi casa, porque estaba seguro de que no me creería jamás y que me acusaría de ladrón y también de mentiroso.

Mi tío dijo que era importante llamarle al dueño de la tienda pero se tuvo que ir y después no volvió hasta varios días después. Mientras tanto, yo regresé a la escuela, después de un fin de semana largo, y algo muy extraño me sucedió. Desde que entré el lunes a clases, la niña que siempre me había encantado de pronto me empezó a hablar y a poner atención. Yo estaba feliz. Sentí que me estaba sucediendo un milagro. Una tarde hasta me dejó que caminara con ella a su casa y comimos helado. Yo no lo podía creer.

Pero cuando regresaba a mi casa después de esos días tan increíbles en la escuela, me sentía un poco mal, no le había hablado al dueño de la tienda para contarle de la aparición de la mujer y eso me pesaba en la conciencia.

Finalmente, una tarde en la que llegué muy contento porque Areli, así se llamaba mi entonces novia, me había dejado darle un beso después de que la acompañé a su casa, me atreví a marcarle al señor de la tienda. Le conté lo que me había sucedido, pero no pareció sorprenderse por nada de lo que yo le narraba. Me dijo que de hecho él no la había comprado tampoco, sino que había aparecido de pronto en su tienda, de la misma forma, al lado de Karachunken. Le gustaba mucho mirarla con su lupa y ver cómo Azul había pintado cada una de sus alas. Sobre todo la había empezado a considerar un amuleto de buena suerte porque después de que había llegado la mujer con alas de pájaro a su tienda, él había conocido por fin el amor a sus 76 años. El hombre se rio y me deseó buena suerte. Yo se lo agradecí infinitamente a él, y siempre que salía con mi novia, que después se convirtió en mi esposa, se lo agradecía también al misterioso señor Azul.

Vuelo 1798

De *El canario* (Katherine Mansfield)

¿Ves aquel clavo grande a la derecha de la puerta? Sí, la puerta de emergencia, ¿cuál otra? Pues allí empezó todo. Es que te dormiste en lo más importante. Pues la historia es que por más que el piloto, el copiloto y los expertos en ingeniería intentaron distintas estrategias para retomar el control del avión desde la cabina, el avión simplemente se rehúsa a aterrizar. Lo más extraño es que el avión se autoprotege, no gasta nada de combustible. La comida para nosotros aparece como por milagro en las charolas y las aeromozas lo único que tienen que hacer es tomarlas y servir. Además la comida está mejor que la normal. Sí, sí te entiendo, yo también necesito llegar urgentemente a casa y volver a la chamba. ¿Pero qué quieres que haga yo? Sí, también ya intentaron hacerlo razonar el sacerdote, el rabino y el monje tibetano. Luego llegó el turno de la psiquiatra. Nada. Hubo incluso un intento de descomponer los cables. Taladraron el clavo gordo que te enseñé en un lugar por donde cruzan cables que vienen y van del sistema eléctrico central del avión para hacerlo dormir a la fuerza. Pero eso enojó más al avión. Al parecer el taladro duele.

Ahorita, mientras estabas en el baño, el piloto hizo un anuncio. Vino en persona porque el avión apagó el *intercom*. Al parecer muchos otros aviones están haciendo lo mismo y miles de viajeros se encuentran en la misma situación. El sindicato de aviones envió un comunicado a todas las aerolíneas del mundo y medios de comunicación, diciendo que los aviones también necesitan vacaciones y que si los jefes no se las otorgan, ellos tomarán sus vacaciones con todo y pasajeros. Están esperando la respuesta de las aerolíneas, y por eso éste no aterriza.

¡Sí, estos desgraciados aviones! Se consideran a sí mismos los vehículos más explotados, cuando tienen la vida resuelta. Ya quisiéramos muchos estar en su situación y tener sus condiciones de trabajo y beneficios: viajan por el mundo y todas esas vacaciones. Los coches nunca se quejan. Sí, ya sé que muchos descansan gran parte del día y tienen horarios muy flexibles, pero trabajan los fines de semana y si cuentas las horas promedio de chamba semanales, son muchas. Mi hermana me contó que hace algunos años en su ciudad las licuadoras hicieron lo mismo. Se pusieron en huelga porque no les daban jubilación. Yo las entiendo. Sí, pero ése no es el caso de los aviones. Me parece muy mal que los miembros de su sindicato no piensen más que en ellos mismos. ¿Y los pasajeros qué?

Oye, acabo de escuchar que están organizando un torneo de boliche en el pasillo. Competiremos contra los de primera clase. ¿Le entras? Pero si eras buenísima en la preparatoria. Anda, te vas a divertir un rato y conocerás gente nueva. Digo, ya vimos todas las películas y al parecer vamos a pasar mucho tiempo juntos aquí, así que más nos vale aprender a convivir. ¡A lo que nos ha llevado este avión!

Oye tú ya dormiste mucho y ahora me toca a mí descansar un rato. ¿Me despiertas si pasa cualquier cosa o si vuelve el piloto? Sí, ya dormí yo también pero es que esto de pasársela comiendo, viendo películas y conociendo gente nueva de todo el mundo es cansado, ¿sabes? Sí, diviértete. Hasta el ratito.

¿Qué? ¿Qué dices? ¿Cómo? ¿A dónde?

¿Todos van hacia allá? ¿Todos? ¿Allí será la reunión de los aviones? ¿En las playas de Hawái? ¿Todo será pagado por las aerolíneas? ¿Una semana?

Canta, amor. Más fuerte.

¡Sin-di-ca-to, sin-di-ca-to!

Índice de cuentos

Flor Aguilera

Nació en la ciudad de México. Estudió periodismo en esa misma ciudad y luego realizó la maestría en Relaciones Internacionales en París, Francia. Ha publicado sus textos en revistas y diarios mexicanos. En Alfagura Juvenil ha publicado las novelas, *Mi vida de rubia*, *El hombre lobo es alérgico a la luna*, *Ponle Play* y *Diario de un ostión*.

Este ejemplar se terminó de imprimir en Junio de 2014,
En COMERCIALIZADORA DE IMPRESOS OM S.A. de C.V.
Insurgentes Sur 1889 Piso 12 Col. Florida
Alvaro Obregon, México, D.F.